優良員工

姚士芬

黃萱萱、汶莎、賤男 著

天空數位圖書出版

目録

優良員工姚士芬　　　　　　　　　　　1

再見囚島　　　　　　　　　　　　　　51

禁錮の愛　　　　　　　　　　　　　105

優良員工姚士芬

黃萱萱／撰

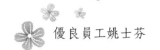

第一章　故鄉的她

　　返鄉的火車上，姚士芬無語的看著窗外景色，女兒坐在靠窗的位置，已睡去，外頭的雨，打從離開家門的那一刻起，從未停過。

　　從大城市回到故鄉，不到兩個小時的車程，宛如無止境的路途不曾停止。離開時，前夫躲在書房刻意的迴避，她看一看桌上的報紙，記下今天的日子，步出大門，見不遠處一輛熟悉的車，是那個女人的。等自己帶著孩子離開，那女人便會登堂入室，成為這個家中的女主人。

　　當然，一切都與她無關了，只是，她不懂，自己那麼努力。在公司，士芬是個強人，老闆眼中的好下屬，在家裡，她讓家人衣食無缺，女兒也照顧得讓旁人稱讚，為什麼，丈夫還是選擇了出軌？

　　他說她錯了，他說他要的只是溫柔，他說這個女人讓他像個男人，一切的指控，被數落的都是自己，士芬心想，她何錯之有？這幾年的付出，宛如一場自導自演的笑話。在監護權的官司判定後，她毫不猶豫的離開讓她難堪的傷心地，那個讓她懷疑自己的城市。

　　手機傳來母親的訊息，問著士芬現今何處，急切的文字傳來無奈的感覺，故鄉本應是溫暖的歸宿，親戚的一番言詞，加上母親是個好面子之人，曾一度拒絕她回鄉的請求。可是，人生再怎麼考驗著士芬，她還是要為女兒著想：故鄉，或許不是最好的選擇，卻是讓孩子能安心念書的地方。跌倒了，再爬起來就好，縱使過程很痛。

第二章　異鄉的他

於此同時，在通往雪隧的高速公路上，排著長長的車陣。衛佳辰的車，就這麼卡在半道上，聽著警廣播放的路況，翻著手機，看著自己的新聞，不再是以往參與商會的意氣風發，而是公關部門已經公開與前妻離婚的消息。

當然，極力撇清婚外情的部份，也是在他的意料之中，身為集團的總經理兼少東，他選擇承擔，請調，就在父親火速的批準之下開往異鄉。沒有注視，沒有滿場追問的媒體，他在車陣中換取了片刻寧靜。

手機響起，佳辰看著來電顯示，接了電話。

「喂？衛經理，請問你到這邊了嗎？」對方的語氣帶著急切，第一次跟如此高階的上司通話，還帶點緊張。

「……塞在雪隧呢。」

4

陳主任忍不住啊的一聲：「那…我…」

「沒關係的，陳主任。我晚點就會到公司，就先這樣子了。」

「不是的，經理。這裡是新設的廠區，挺鄉下的，還有很多地方目前還是封閉，用導航可能會⋯⋯」

衞佳辰失笑的搖頭：「是有多偏僻？難不成，還會看得到牛嗎？」

當然，這句玩笑話，等到他的座駕被困在牛群面前時，就成真了。

陳主任匆忙的從廠區跑來，略微肥胖的身軀，穿過幾條牛之後，敲著新任主管的車窗。佳辰在牛群前的錯愕還未消，趕緊打開車門讓陳主任進來。

「經理，可別按喇叭。」陳主任趕緊阻止他的手。

「再等一下，牛群就會走了。」

「這些是怎麼回事？」

佳辰才剛問下，只見一位戴著斗笠的老婆婆，正悠閒的帶著牛群，往另一邊走去。

「喂！老婆婆，這裡不是放養的地方。」陳主任來不及攔他，佳辰就把車窗按下，頭往外的對著老婆婆訓話。

老婆婆一副無所謂的樣子看著車內的人，再看著熟面孔的陳主任：「小陳啊？教一下你們司機好某？我是誰都不知道。」

"司機？！"佳辰整個懵了，不認識自己就算了，現在還成了別人口中的司機？

老婆婆又看了看眼前的他：「看三小？不曾看過牛喔？鄉巴佬……」老婆婆說完，悠閒的帶著牛群跟身旁的狗，緩緩離去。

地上留了幾攤牛大便，車窗外的氣息流入車內，嚇得佳辰趕緊邊咒罵邊關上車窗。

「經理，牛婆婆是這邊的大地主，我們的廠區是跟她租的土地……千萬別跟她槓上。」

佳辰這下，可真是有氣無處發了，他聞著車內的空調，甚至是嗅了嗅身上的男性香水，總感覺到牛糞的氣味，等等車子還得碾過那幾堆……

好不容易，在陳主任的引導下，佳辰終於開進公司的停車場，他巴不得全車用高壓水槍清洗一番。

陳主任在旁，大致向他介紹這裡的情況，亂，真的是亂，佳辰在異鄉的第一個挑戰，除了面對一切的不適應外，還得去整合工廠的產線。

「RD（Research & Design，研發工程師）在哪？讓他進辦公室。」才剛進到所謂的經理室，他環顧四周，除了呆板的陳設外，還能聞到辦公家具的塑膠味。

「經理，我們這裡沒有 RD 。」陳主任面有難色的說著。

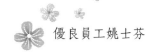

「AE（Application Engineer，應用工程師）總有吧？」佳辰坐在廉價的電腦椅上，還在消化方才經歷的一切。

「也沒有。」

「那在此處，你我之下還有誰？」他的口氣明顯不悅。

陳主任戰戰兢兢的指著經理室外面。

「人事兼會計在外頭，工務去例行保養了。」

佳辰這下真的傻眼了，他試圖壓下自己的尷尬。

「經理，我們這廠成立不到半年，還在等總公司派發人員下來。目前，產線機台的保養和維修，除了工務老強之外，就是要倚賴外縣市的工程師來支援了。」

天哪，爸到底把他安排在什麼地方？佳辰心想。

「……來杯咖啡吧。」

只見陳主任走出去，沒多久就拿了罐咖啡進來。

「連個咖啡機都沒有？這裡是……」什麼鬼地方？

「經理，這裡不比大城市，請先將就一下吧。」

陳主任的臉色也開始僵硬，眼前雖然是大老闆的兒子，可也太嬌氣了。

佳辰深知，自己在此的不適，已被年近中年的陳主任看得透徹，他深吸一口氣。

「你先去忙，讓我安靜一下。」

待陳主任走出辦公室，佳辰將整個人埋進了位子上，透過窗外，看著正午的陽光照射在外頭的農田。沉重的嘆息，配上周圍的安靜，這是自己選擇的重新開始，他的選擇，父親的安排，或許，這十年八年再也不能回去了吧。

第三章　迎接新挑戰

一早，士芬忙碌地在二樓房間與飯廳穿梭，女兒穿好制服，默默地吃著早飯，今天是她七年級生涯的第一天。

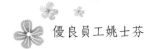

　　一名老婦悠閒的坐在餐桌前，看著女兒拿著分類廣告跟手機，來回不斷地確認今天面試的資料。

　　「媽，吃飯。」雨苗還沒說完，就看著母親又走上二樓。

　　「別管妳媽，吃飯。」玉嬌沒好氣的跟孫女說著，隨即起身走到樓梯口。

　　「姚士芬，妳再不下來吃飯，我就要收了。」

　　士芬此時才匆忙地走下來，身上的衣著又換了一套。

　　「媽，今天就麻煩妳帶雨苗去學校。我早上十點就得去第一家公司面試。」士芬邊說邊狼吞虎嚥碗裡的稀飯，還扒了一大塊豆腐乳往嘴裡塞。

　　「前面幾家有回妳嗎？」玉嬌問。士芬沒有回答，用沉默表明了一切。

　　玉嬌抿了抿嘴巴，女兒在大城市的資歷跟工作經驗，回到故鄉，反而是個負擔，沒人敢用。

「妳要不要把這幾年的主管資歷給刪掉？反正也只是去應徵助理或是會計。」

「媽。」士芬有點不耐母親的意見。

「這是我的資歷，我也明白妳的意思，但這份資歷對我而言很重要。我不介意低就，我介意的是沒人給我機會。」

「妳那資歷誰敢要啊？」玉嬌想也沒想的就說出口。

「就算別人不看資歷，妳一個大城市主管，好端端的不做跑來鄉下，人家也會問啊。」

雨苗看著母親與外婆怒目對視，這讓她心裡緊張了起來。

「我出門了。」士芬直接拿著包包往門外走去。

「就那個性，難怪宇航受不了妳！」

玉嬌唸叨了幾句，才發現雨苗坐在位置上低頭不語。

「苗苗啊，沒事啦……外婆也是關心媽媽呀。」見雨苗抬頭，那抹微笑極為牽強，玉嬌也只能自打圓場。

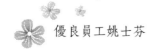

「吃飽了沒？外婆送妳到學校去。」

士芬就這麼騎著摩托車在鄉鎮內不斷穿梭，面試了一家又一家的公司。除了千篇一律的等候通知外，有幾家甚至希望她能身兼數職，領的卻是低於她期望的薪資。

「怎麼會想來這邊上班？」

「妳在大城市做得好好的，怎麼會來我們這個地方？」

「妳年紀也是有點大了，我們會希望找年輕一點的員工，可塑性也比較好。」

「妳小孩多大了？家裡應該有人可以幫忙照顧吧？我們這裡會常加班喔。」

就在她聽完一個面試官滿嘴的沙文主義，說雇用年輕女性能提升男性員工的工作效率後，她頭也不回的驅車離去。

　　第五家了，士芬略顯疲態，坐在便利商店用餐區，咬了一半的麵包還握在手中，正仔細地看著免費贈閱的徵才廣告。

　　已經下午三點，今天怕又是白忙一場。

　　把注意力抽離了徵才廣告，她茫然的看著窗外的車輛，直到耳邊響起一個女人的抱怨聲。

　　「我今天已經在收拾東西，真的快受不了。我是來當會計的，不是幫他做倒咖啡的秘書小姐。」對方拿著手機，連珠炮似的跟話筒另一端的人說。

　　「老闆的兒子又怎樣？你沒聽說啊？拔毛的鳳凰不如雞，他都下放來這裡了，還把大城市的德行也一併帶來……還虧我對他有點幻想……哈哈哈你才三八，他也挺帥的好嗎？」

　　士芬一邊喝著咖啡，一邊聽著。

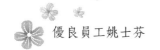

「陳主任有留我啊，唉我不想待了。經理還沒來之前，那日子過得可輕鬆了……之後啊？我想去大城市找工作，薪水也比較多啊。」

『妳那工作態度，去大城市更吃鱉！』士芬心想。

她悄悄的看了看女人胸前的識別證，再用手機查了一下，就在這附近，還真的在徵才。基於一種挑戰的心理，反正都試過那麼多公司，也不差再試那麼一次。

收拾手邊的物品，士芬直接走出便利商店的大門。

第四章　偶然的相遇

剛剛巡完廠，佳辰才走進辦公區，看著一座空蕩的位置，就知道那個會計小妹妹提前走人了。這種員工，他不是第一次遇過，沒什麼太大的情緒，直接走進經理室。倒是陳主任，急急忙忙的走進來。

「經理，那小妹真是不懂規矩，你可別放在心上。」

「沒事的，就按照公司規章辦理。」佳辰正在使用昨天剛到的咖啡機，濃郁的咖啡香瀰漫整個空間。

「那她今天最後一天，還早退……」

「該怎麼辦就怎麼辦。」

佳辰特地倒了一杯給陳主任，只見對方錯愕地接下。

「明天把人事會計的職缺 po 上網，不要再找年輕的，直接……」

佳辰看見陳主任像是喝中藥似的把咖啡喝下，不禁失笑：「抱歉，我忘記你只喝罐裝的。」

「沒關係，咳咳……」陳主任略顯尷尬的把杯子放在桌上。

此時，外頭敲門。

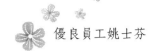

「經理，主任。門口的保全打電話來說，有位小姐要來面試會計。」

「都快四點了，請她明天再來吧。」陳主任回。

「不用。」佳辰連忙說著。

「莫莫，請她進來寫資料吧。」真是配合得剛剛好，他心想。

門才關上，陳主任趕緊跟佳辰提醒：「經理，我等等還要去產線一趟，沒有人能幫忙面試。」

「沒關係，我來吧。」都已經傳遞下去，佳辰縱使反應不及，也只能這樣了。

都過幾天了，陳主任也大概摸清上司的個性，他也只能點頭，然後步出門外。

整間工廠，能決定事情的只有兩位，佳辰從未經歷過面試的關卡，以往這種事務也與他無關，如今，只能硬著頭皮上了。

坐回位置，他心中思索著，是否要跟父親通上電話，打從事發開始，唯有跟父親要求請調時，才能見上一面。父親這個角色，兩代同樣都是缺席的。

敲門聲響起，佳辰回過神來，還沒等到他說開門，另一端倒是直接進來了。

士芬看著眼前的主管，對於她的進門感到訝異。

「我要再敲一次門嗎？」士芬指著身後的門試問。

「不用，進來吧。」佳辰把手機放在旁邊。

士芬把自製的履歷表放在他面前，然後直接坐在位置上與他對視。

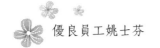

　　佳辰看完履歷表上的基本資料，再看看對方淡然卻疲累的面容：「姚小姐，門口張貼的是技術員的職缺，妳怎麼會來應徵人事會計？」

　　「如果沒有這項職缺，你不會請我進來。」士芬說著。

　　佳辰乾笑，化解了這份尷尬。

　　「呃，妳前任公司資歷那麼久，怎麼會想來我們這邊應徵？」他問。

　　「我老公外遇，離婚了，所以回到故鄉重新開始。」士芬乾脆開門見山的說。

　　這已經是今天第六次被問到同樣的問題，什麼冠冕堂皇的場面話，她也不想再重覆。

　　佳辰坐在位置上，錯愕地看著眼前的女人。

　　「呃…咳咳。」一時半刻也說不出個所以然。

「我覺得，說得明白點，才能讓老闆決定要不要用我。過往的經歷是過往，眼下的生活才是最重要，我還有一個孩子要養呢。」

他看著士芬出神，想起自己的前妻，或許是惻隱之心，或許是她的眼神與前妻過於相似，一些回憶在佳辰的心中翻攪，眼前出現了前陣子送前妻與兒子到機場的畫面。

「好好照顧自己。」這是前妻唯一留下的話。

兒子帶著冷冷的目光隨著母親一同步入機場。

他心理明白，自己是沒什麼資格教育孩子的言行，凱凱的世界，只有他母親一個。他不是一個稱職的父親，也無法忠於婚姻的承諾。所能做的，就是尊重前妻的決定，讓她帶著孩子到加拿大重新開始。

至於外頭的女人，只是他多年逢場做戲的其中一段，當然，帶有殺傷力，否則，怎會到今天這個地步？

面對這個女人…

士芬看著眼前的主管，不發一語的盯著自己，她心想，果然還是不能講大白話啊。

「造成困擾，很抱歉。」士芬說完，直接起身轉頭離去。

「請等一下。」佳成趕緊站起來。

她回頭，看到對方的神色如此急切。

他雙手叉腰：「明天九點報到。」

士芬略感訝異道：「謝謝！」

步出廠區，回頭望去這煥然一新的公司，士芬突然失笑，真是意外的插曲，卻也鬆了一口氣，坐上機車直接往回家的方向駛去。

佳成在二樓看得一清二楚，手中還握著她的資料，心想：擁有相當學經歷的女人，外貌跟氣質也不凡，怎麼還是離婚收場？還是因為外遇？

雖然這類的猜想，對他而言看似容易理解，但是，每個人的境況不同。來日方長，佳辰心想，自己終究會明白。

第五章　曾經的緣份

這才一個月，士芬差點把佳辰好不容易習慣的公司步調打亂了。

人還沒走到辦公區域，就聞到陣陣的咖啡香。佳辰心想不妙，三步併兩步的跑了進來。

「你們……」只見一群辦公室的員工，人手一杯，正在享用。

「經理，謝謝你。」大夥紛紛開心的表示感謝。

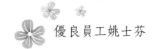

士芬也在人群之中，微笑看著佳辰僵化的表情。

「姚士芬，等等到我辦公室來一趟。」

他完全知道，這是同仁們口中的"優良員工姚士芬"的傑作。這女人，打從第一天上工，就把工廠的廠務給抓下，從辦公室到產線，這間公司，熟門熟路的，到底誰是老闆？

『這下可好，連咖啡機都搬了出來，那是我的東西，我買的！』佳辰心想。

等到士芬走進辦公室，他激動地指著外面：「那咖啡機……」

「經理，小聲點。」她連忙把門帶上。

佳辰下意識掩住了口，可又突然回神：「我買的……」

「你搞了台咖啡機，味道每每從你的辦公室飄出來，連工務都想來上一杯了。」

「所以？」

「讓大家嚐嚐鮮，不為過吧？」

「可那豆子……」

士芬直接把旁邊的櫃子打開，裡頭除了那一袋已用密封夾收納妥當的咖啡豆外，還有一台外觀賦予質感的簡易研磨機。

「離公司附近 15 分鐘的車程，有一間咖啡觀光工廠，員工們喝的咖啡豆，以及這一台，是我從那邊買的。當然，花銷是從每個月的福利金扣除。」

「妳能不能讓我把話講完？」

「好的，經理請說。」

佳辰這下，真不知該說什麼了。

「有人找我嗎？」他勉強想到了這個問題。

「有的，總公司的鄧副理致電，等你回覆。」

「好的，下去吧。」

「其餘事項，我已經列好清單在信箱裡，請經理詳閱。」

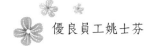

看著士芬從容離開辦公室的氣勢，佳辰簡直不敢相信地坐在位置上，到底誰才是老闆？一想到方才的事情，還是有點火氣的。

直到他看著那台機器，越看越覺得順眼，這才稍微讓他平復。

「牌子挑得挺不錯……」他一邊唸叨，一邊打了通電話出去。

下午，辦公室來了一個陌生面孔，鄧光榮先是跟負責接待的虛應一聲，隨後一個回神，他看清楚眼前這位女子，遲疑又不可置信的，吃驚地一路跟著她，隨後走進了佳辰的辦公室。

「幫我送兩杯咖啡進來。」某方面來說，佳辰還不想透露自己對咖啡機的事已釋懷，還是吩咐了士芬。

「什麼風把你吹來的？喂！」佳辰正埋首於產線送上來的報告，一抬頭，只見這個髮小一同長大的好友，直愣愣的望著已關上的門，根本沒理會自己的意思。

「你在幹麼？」他問著神色慌張的光榮。

「姚士芬怎麼會在你這裡？」光榮劈頭就是問自己下屬的事，還是她？

「你認識她？」

「怎麼可能不認識她？你是傻了？真的對她沒印象？」光榮感到訝異。

佳辰一臉的茫然。

「你剛升上總經理那一年，老闆帶著我們去參加亞太產業協會的餐敘，她就是賀老闆身邊的機要。」

佳辰對此事是有印象，不過，他當時的心思，都放在一同前往的小秘書身上，就是那個壓垮自己婚姻的最後一根稻草。

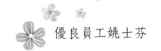

「嗯……」他也只能以此代表了回答。

光榮忍不住罵了聲粗話。

「你也就剩下女人能記住了……總之，她也是離婚了。」

這倒是勾起佳辰的好奇，問：「你知道她為什麼離婚嗎？」

「聽說啊，太強勢了，整個公司，私下都說她是母夜叉。」

「怎麼這樣說啊？」佳辰倒是不以為意，身為公司的主管，往往要比基層還要獨斷，才能完成上級給的任務跟交待。

光榮倒是誤會他的意思，開始口沫橫飛的敘述他所聽聞的【姚士芬傳奇】，殊不知士芬已經敲完門，端了兩杯咖啡進來，就站在身旁。

「咳咳！」佳辰趕緊給光榮打了 PASS。

「你先喝杯咖啡潤潤喉，不要笑太大聲。她前夫，好像是同公司的下屬，罵他跟罵狗似的，有一次啊……」

光榮接過士芬的咖啡，對上她充滿殺氣的微笑。

「呃，謝謝。」

氣氛突然凝結，待士芬把第二杯咖啡放在佳辰的桌上，她優雅的步出經理辦公室，然後關上門。

兩個男人同時喘著大氣。

「你怎麼沒跟我講啊？」光榮把聲音壓低了下來。

「我暗示過你了。」佳辰亦然。

「你該不會怕她吧？」

「我……怕屁啊？快點，講重點。」佳辰趕緊換個話題。

「聽說，她老公就是受不了才……」

「不是這個！你來這邊找我的目的。」他現在不敢討論她的事，晚點再說。

「老闆要我過來看看你，怎麼說，你們到底也是父子。」

「真的關心我，怎麼不親自打通電話？不然，傳訊息也好啊。」佳辰沒好氣的回答。

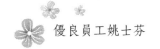

優良員工姚士芬

「怎麼不是你打電話，傳訊息呢？」光榮這回答倒是實在。

「當初，你堅持要請調，全世界的人都在反對，就連老闆也是，不過就是一個不知輕重的女人，搞了一個小手段，你也不用……」

「跟那個女人一點關係也沒有。」佳辰看著光榮。

「她愛怎麼鬧，愛怎麼耍手段，我也不可能跟美琴離婚之後娶她。」

「那你這是為什麼？」

光榮追問，只見他沉默了半响。

「我已經跟她斷了聯繫，不可能就是不可能。」

「我必須得提醒你，那個女人四處放話，說你是要等風頭過後就會娶她，你如果不出來澄清……」

「讓她去放！我衛佳辰沒在怕。」他吼著。

士芬正在外頭處理事情，這句話直接進到了她的耳。

28

『說放就放啊，當我吃飽閒著⋯⋯』她碎念著，以為裡頭說的人是自己。

可說到底，士芬的心底還是有點難過；畢竟，她很努力的要重新開始。

第六章　心動的一刻

下班時間，佳辰看著正在收拾公文櫃的士芬。

「我那朋友的話，別放心上。」

剛剛才跟陳主任交待完事情，現在整個辦公區域只剩下兩人，見對方沒有回話，他無奈地靠在門口，觀察她的舉止跟態度。

空調已經關上，專注在文件堆的士芬微微冒著汗，以一個男性審美的角度來看，眼前的女人生起氣來，也是挺好看的。

佳辰暗自竊笑，隨即又收回，這可不是開玩笑的時候。

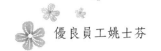

　　尤其，她是姚士芬，賀董的前機要秘書，能在這個地方，巧遇這樣的人才，真不知是好是壞…好吧，真的有點…敬畏她。

　　「要幫忙嗎？還是我開空調？」他試問。

　　她還是不回話，果然還在生氣，佳辰知道，只要說聲對不起，事情真的很好解決，可是這不是自己搞出來的事情，偏偏事主又已經開溜了，為什麼要我開口？

　　正當他在糾結之時，士芬手中的老公文夾鬆脫，一整疊資料就這麼散在地上。

　　兩人隨即蹲下，就在這一刻，碰的一聲，同時發出了哀嚎。

　　士芬坐在地上，右手扶著被撞到的額頭。

　　「很痛欸！衛佳辰！」

　　「對不起，對不起……等等，我幹麼要說對不起？」佳辰左手扶著額頭自問著。

　　士芬瞪著他。

「你對不起的可多了。」

她沒好氣的跪坐著，撿起地上的公文，他只能摸摸鼻子，反正已經說了對不起，便沉默地坐在旁一起撿拾，兩人的距離越來越近……

忽地，士芬抬頭看牆上的鐘，佳辰被她的舉動感到吃驚，離她雙唇的距離，剩不到幾公分。

佳辰是見過世面的男人，可突如的狀況仍令他呆在原地，動也不動，他盯著她的唇，依稀聞到淡雅的幽香。

「糟糕！」士芬直接拿過佳辰手中的公文，起身放在位置上，拎著包包直接往外衝。

「妳要去哪裡？」他迅速回神，也不管為何在冒汗，直接追了出去。

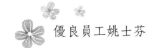

士芬的安全帽戴了一半，急忙發動手中的老機車，卻怎麼都沒反應。佳辰看她著急的模樣，快步走過去。「讓我來吧。」他雙手攤開，示意要幫忙。

士芬只能下車站在一旁喘大氣。

「怎麼突然急著要走？」佳辰一邊踩發車一邊試問。

「我要去補習班接我女兒，已經遲十五分鐘了。」

「喔……」

佳辰看似無所謂的回覆，心裡卻莫名的安心，反正不是躲我就好。

車子發動了，士芬直接上了車。

「等一下。」不等她的反應，佳辰直接幫她扣上了安全帽，還順勢用食指關節碰了下鼻頭：「騎車小心。」

士芬瞬間懵了，但是，不想讓女兒等太久的母親，還是點頭，騎車離去。

見她騎遠了，佳辰雙手叉在西裝口袋，邊吹口哨邊走回廠內，也不管門口保全是怎麼看待方才的場景。

「我剛剛在幹麼？」佳辰愣了一下，自顧自的失笑，還是那付悠然自得的態度，走回廠區。

匆忙接了女兒回家的士芬，吃過晚飯，應付完母親的嘮叨，冷處理鄰居阿姨介紹的相親牽線後，帶著疲勞的身子，洗完澡，躺在床上。

累的不是身體，而是故作鎮定與堅強的那顆心。

回到故鄉，母女倆擠在一間不到五坪大的房間裡。

在大城市的積蓄，士芬已有能力在故鄉買棟新房，可以讓她跟女兒有個好好生活的空間，不必理會娘家人的閒言閒語，以及旁人的多事，她也明白母親的關切，只是，她需要時間。況且，每每話都說得如此難聽，這真的是關心子女的最好方式嗎？

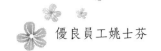

此時，偏偏又發生那種事。士芬想起，佳辰幫她扣上安全帶的那一幕。她不是沒有感覺，但怎麼全都擠在一起發生，這些都是什麼事啊！

雨苗才剛洗完澡，進到房間就看見母親心煩意亂的表情，她坐在士芬的身邊，不發一語，只是盯著電視上播放的芭樂劇。身為女兒，她明白自己的角色，唯一能做的，就是在母親身邊默默陪伴。

「今天在學校如何啊？」士芬摸摸女兒的手，這讓她放鬆。

「還不錯。」

「嗯…」她點頭，放心了。

「該複習一下功課了，有不懂的就問媽媽。」

「妳會嗎？現在教的，可跟以前不一樣唷。」雨苗逗趣的回答。

「真的嗎？」士芬坐起身。

「不然妳試試。」雨苗把電視關上，直接走到書桌前坐下。

「好啊。」話還沒說完，士芬倒是打起了呵欠。

「妳看看，未戰先降。」雨苗直接吐槽起母親。

「是妳怯戰吧？」士芬拿起課本，直接閱讀起來。

起碼，母女倆的互動，是彼此提起精神的最大動力。

第七章　斬不斷的情絲

一早，士芬整理好了心情，打算有機會要跟佳辰說清楚。才步入辦公室，就看見一夥人朝著經理的辦公室張望，不時竊竊私語。

「陳主任，發生什麼事？」她走到陳主任的身邊問。

陳主任才剛要開口，就聽見佳辰在裡頭大吼：

「妳給我滾出去！」

　　沒多久，一位打扮時髦的年輕女子，梨花帶淚的快步走出，迅速消失在眾人面前。

　　士芬還在思索眼前發生的事，佳辰面露兇光的步出辦公室，迅速地掃射周圍，直到看見她。

　　他的尷尬，士芬一眼就看得出來。

　　「陳主任，你進來一下。」

　　佳辰說完，直接進了辦公室。

　　「那女人還是找上門來了。」莫莫在一旁，自顧自的喃道。

　　「妳說誰？」

　　「妳不知道啊？經理之前的小三啊。」

　　雖然士芬已做了決定，自己目前的狀況，還是先把生活安定下來，把女兒顧好。

　　可是，莫莫的話仍暗自敲擊她的內心。

　　「我以為經理還是單身呢。」她故作一派輕鬆的回答。

「妳真的不知道？」

莫莫感到不可置信，她拿起手機，查詢過往的新聞。

只見佳成被狗仔偷拍的照片，身旁還牽著一名女子的手，偌大的標題直指婚外情，士芬只覺胸口一緊，更讓她在乎的，也是媒體報導的日期。

那天，正好是她帶著女兒離開前夫家的日子。

「我看經理對妳那麼好，忍不住想提醒……我以為妳知道的。」

士芬深吸一口氣，看似無所謂的態度，轉身往自己的位置走去。

她放下了包包，看似跟平常一樣的舉動，埋首於電腦前，直到陳主任走出經理辦公室。

「士芬，經理請你泡杯咖啡給他。」

「咖啡是嗎？」她直接起身走進經理辦公室。

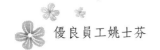

　　佳辰坐在位置上，還在思索要怎麼跟士芬解釋，就看見她門都沒敲的開門進來了，打開放置咖啡機的櫃子，有條不紊的按下開關鍵。

　　「我之前有跟您說，衛經理自己也有一台，用的是公司的福利金。請你善用公司資源，不然，這台我直接搬到產線，相信現場作業員肯定……」

　　「妳生氣啦？」佳辰冷不防的在士芬身後問，嚇得她轉身把他推開。

　　「對不起，本來今天就要跟妳說清楚的。」他任憑她的推動，退了幾步。

　　士芬看著佳辰柔和的表情，真是詭異了，先前都不會迴避的她，現在竟有不敢直視的心情。

　　「經理，咖啡好了。」

　　她想躲開，還搞不清楚自己的情緒，佳辰卻在士芬越過他之際，握住她的手臂。

　　「你在幹麼？」

　　「給我時間，我證明給妳看。」

　　「有什麼好證明的？小三都來了⋯⋯喔不，你已經離婚了，她也可以扶正了。」

　　「我根本沒把她放在心上，況且，我離婚也不是因為她。」

　　「還不都一樣？」士芬試圖冷靜的回應，但她的眼眶已泛紅。

　　「跟我前夫有什麼差別？你們不是都拋下髮妻，要的只是溫柔⋯⋯都是我們的錯，不是嗎？」

　　聽著她的話，佳辰大概也明白士芬受傷點在哪兒。

　　「我離婚，是因為我對不起前妻。我不是一個好丈夫，也不是一個好父親⋯⋯所以我放手讓他們自由。」

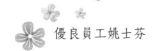

士芬雖然聽進他的話，卻也只是把手掙脫，迅速的把奪眶而出的淚抹掉。

「衞大經理要玩，請找別人吧。」

「姚士芬，妳能不能冷靜下來聽我解釋？」

「昨天的檔案夾還沒歸檔……」

士芬還沒說完，佳辰直接抓住她的手往門外走，辦公室的所有人都看見了眼前一幕。

「我就說嘛！」莫莫正好在陳主任身邊。

「他們倆一定在交往的。」

士芬緊張得不知該如何是好，她鎮定地四處張望，此時經過的員工，無不用訝異的眼神觀看，她既想閃避，卻也自知躲不了，只能客套朝他們點頭招呼。

　　經過了警衛室，看到正經過門口的牛群，佳辰停下，刻意朝裡頭的保全說：「以後做好人員進出，別把外面的人也放進來，早上的狀況就算了，不要再犯。」

　　保全今早才因為這件事情，方才在電話上，已經被陳主任罵得滿頭包了，連忙點頭。

　　「還有，記住。」佳辰舉起握住士芬的手：「我正在追求姚士芬小姐，所以，別再節外生枝。」

　　士芬差點控制不住自己的表情，她錯愕地看了佳辰的側臉一眼：「我還沒答應…」

　　「那我們進去巡廠。」

　　「不用了，不用了」她趕緊搖頭。

　　「妳之前不是挺愛跟在我和陳主任後面？」佳辰不忘揶揄她一下。

「我總得要認識產線的領班吧。」

「那我們再去。」

「不用了。」

「那妳答應我的追求嗎？」

「衛佳辰你⋯⋯」

「好啊，我替她答應了。」門口傳來一陣熟悉的聲音。

「牛婆婆？」

「媽？」

兩人同時對著正在趕牛的老太太說著，隨即面面相覷。

「她是妳媽？」

「你認識她？」

「不是，你（妳）先回答我問題⋯⋯？！」

牛婆婆看著兩人一搭一唱的，不禁失笑：

「我看喔，你們這一對啊，乾脆直接結婚好了。」

「我不反對。」佳辰輕笑。

「媽！」士芬感到無可奈何。

後　記

　　雨苗升國二的那年暑假，除了母女倆買了棟房子搬出去之外，她終於見到母親口中的佳辰叔叔。母親一直對此保持低調，沒有多說什麼，倒是外婆交待得清清楚楚。

　　三人走在地方舉辦的博覽會會場，士芬抬頭專注偌大的導覽圖。

　　佳辰則在雨苗的另一邊，也在研究著動線，她不時張望眼前的叔叔，之前已用網路查過這個男人的資料，可想而知，印象真的不是挺好。出門前，外婆一直耳提面命，提醒自己別壞

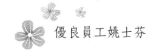

了母親的好事，可是，她怎麼會放心？所以，才有了現在的機會，試圖隔開兩人。

「東西拿到了，雨苗啊，過來幫外婆一下。」

玉嬌才去排完限量贈品，就看見孫女卡在兩人中間，十足的大電燈泡。

「我來幫忙。」佳辰識趣的走過去。

他何嘗不知雨苗的想法，換做是自己的前妻有了新對象，在沒有互相瞭解的情形下，凱凱也會同樣如此。

為了這次見面，他已跟前妻在網路上討論數次，慶幸是和平分手，兩人雖沒有了婚姻關係，但為了孩子也能夠維持朋友關係。

「唉呦，讓雨苗來就好。」

「沒關係的，牛...阿姨。」畢竟，牛婆婆剽悍的形象，已在佳辰心底落地生根。

　　士芬看到要前往的地方，直接牽著雨苗往那方向走去。孩子回頭，看見外婆跟佳辰叔叔還在那兒話家常，雨苗竊笑，直接讓母親帶走她。

　　「媽，我⋯⋯」不喜歡佳辰叔叔。雨苗才要開口，就聽見佳辰跟外婆在不遠處喊著兩人。

　　士芬停步，看看女兒，再看看身後，不禁笑了。

　　「對不起，沒注意到你們沒跟上。」

　　「習慣了，妳認真起來，一向旁若無人。」佳辰手上還拎著未來岳母的物品，忽地，他低頭看見士芬腳下已脫落的鞋帶。

　　在場的三個女人，就這麼錯愕的看著佳辰蹲下。

　　「我自己來就好。」士芬尷尬的看著四周。

　　「不要動⋯⋯」佳辰快手一綁，滿意的起身。

　　「走吧，帶我們去妳想去的地方。」

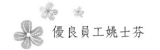

士芬看著他，眼神透露一股難以言喻的羞怯，從來沒有一個男人會這麼對她。

她繼續帶著他們向前走，外婆順勢牽住雨苗的手，祖孫二人跟兩人保持一定的距離。

「妳剛剛故意的吼？」外婆小聲問著孫女。

雨苗沉默，代表她的默認。

「妳沒看到？叔叔真的對妳媽很好。」

她看著叔叔跟母親並肩走著，心底總不是滋味，可自己也無法反駁外婆的話。在她的記憶裡，爸爸跟媽媽鮮少有這一幕，兩人總是無止境的爭執。

想起父親，雨苗還是沉了臉色。她曾主動聯絡父親，訊息不回，電話不接，好像已消失在這個世界一般。

母親的回答，永遠只是給妳父親一點時間，他會跟媽媽聯絡的。

可是，她也大約知道事實的真相了。

自從她查到父親的臉書，看見他跟已懷孕的阿姨在一起的合照後…很多事情，小小年紀的她，懵懂中也逐漸明白。

四人到了目的，佳辰跟雨苗在化妝室外等著其餘兩人。

「你真的愛我媽嗎？」雨苗直接了當的問。

「再怎麼愛，也沒有妳愛的深。」佳辰回答。

「我爸爸只有一個，只希望你真心對我媽好，你以前太多新聞了，不管外婆怎麼安慰我，我還是不放心。」

「妳母親很在乎妳的想法，這點我絕對尊重，也請妳相信，我是真心真意想跟妳母親交往。」

「我爸爸有阿姨，可媽媽只有我。」

佳辰沉默了一會兒。

「叔叔的兒子，也只有他媽媽。」說到底，還是對孩子的愧疚。

「叔叔以前，不是很好的爸爸，也不是合格的丈夫……」

佳辰不知道說的太多而身旁的小女孩能否明白，乾脆笑著帶過。

「人會變、會反省、會檢討。重要的是當下，是未來。」

士芬跟母親走了出來。

「在聊什麼？那麼認真！」

「外婆，我要去玩那個。」雨苗自顧自的指著前方。

雨苗識相的帶著外婆走向他處，或許，在這孩子心中，仍無法完全接納叔叔的存在，可至少知道，叔叔對母親的心，是真的。

兩人走到一處有陽傘的地方，並肩坐下。

「帶著我們三個女人出來，你一個大男人不無聊？」

「不會，一次伺候三個，忙死了 。」佳辰把兩手的袋子放在一旁，順勢摟住士芬的肩。

「還埋怨啊？」士芬沒好氣的說著。

「不過，你剛剛跟我女兒聊什麼？」

他逗趣的回答：「妳猜。」

士芬只是輕嘆了一口氣：「我真怕她不喜歡你。」

「給她點時間吧，我們還有很長的路要走。」

是啊，很長，很長。

士芬想著，側過頭，意味深長的看著佳辰的臉龐。

這不是一個浪漫的故事，身旁的人也不是完美的情人，各自都有過去，都有家庭，在彼此牽扯之下⋯⋯或許，這才是最好的狀態。

冷不防的，佳辰低頭吻在士芬的唇上。

「妳就這麼一直看著我，我很難不會有反應。」

「要⋯要死了，這大庭廣眾的，給我女兒看到怎麼辦⋯⋯」士芬趕緊往女兒的方向望去。

「來不及了。」佳辰卻往另一邊看著，表情嚴肅。

都過去了一年，狗仔隊還真是勤快。

「啊？雨苗看到了？」士芬自然不了解佳辰的意思。

佳辰轉換了情緒，笑了。

「逗妳的，要不要吃冰淇淋？」

士芬沒好氣的點頭，佳辰就這麼牽著她的手，一同走向攤販處。

反正，就拍吧，就讓那些消息傳到父親的眼裡，起碼他兒子是光明正大地談戀愛，只是對於身邊的女人……

「過些日子，會很熱鬧的。」佳辰對士芬說的話，既深情，又帶點內疚。

- 完 -

再見囚島

汶莎／撰

　　蔓茵設計事務所一如往常的聚集著一群設計人，一早就各別忙著繪製設計稿，坐擁設計事務所的老闆兼主設計師周錫，推著眼鏡認真的注視著螢幕，完全沒注意到有一雙小腳直朝他奔跑過來，傳出活潑悅耳的躂躂聲。

　　「爸比～～」小男孩衝向周錫用力地抱緊他繪圖的手，周錫驚了一下，隨即臉上掛滿笑意。

　　「興興，你怎麼會來？」周錫放下繪筆，將小男孩抱上大腿，四處張望一下，正巧與穿著打扮華麗的女子對上眼，臉上的笑意瞬間垮了下來。

　　「唉唷，這辦公室到底有沒有開冷氣？熱死我了。」女子開門進來便大聲嚷嚷著，拿出手帕擦著臉上的汗水，用手搧了搧涼。

　　「夢茹，這裡有電扇，你坐在這吹涼，別大聲嚷嚷，我們還得工作。」周錫壓抑著脾氣低沉地說著，但女子似乎感覺不

到周錫的怒火，更加變本加厲：「工作、工作、工作，你每天就只知道工作，都不回家就算了，還把周興丟給我照顧，你要我怎麼出門跟那些姐妹去喝下午茶、逛街？」

許夢茹大聲地吐露心中的不滿，讓周錫實在是忍無可忍，哪有做母親的是這個樣子，只顧著自己快活，都不想管孩子，周錫想要與許夢茹爭吵時，看見腿上的周興，怎麼也生不起氣，便輕輕的嘆了口氣：「好，那周興留在我這裡，你去喝你的下午茶，逛你的街去吧！」

許夢茹聽到周錫這麼說，高興地從椅子上跳起來：「真的嗎？那真是太好了，剛好我的好姐妹正要約我去歐洲玩，那這十天周興就交給你了！」

周錫聽到許夢茹要出國十天，臉色整個大變，說話不禁大聲起來：「十天！你不管周興就想著自己玩樂，一去就是十天？

我工作賺的錢可不是讓你去玩樂的，你到底為周興付出了什麼？」

周興被周錫的口氣嚇得眼眶含淚不禁失聲大哭起來：「嗚哇～哇～爸爸媽媽不要吵架～嗚哇哇哇～～～」

周興的哭聲嚇得周錫立即變換笑臉：「興興乖，爸爸和媽媽沒有吵架，乖乖不哭不哭。」

許夢茹聽到周興的哭聲就覺得心煩：「嘖……反正周興就交給你照顧了，我回家整理行李去。」說完便轉身離開事務所，留下大哭的周興和傻眼的周錫，以及一群不敢坑聲、躲在一旁看戲的設計師們。

「錫哥，那個…不然你帶興興出門去散散步好了。」負責平面設計的劉晨怯弱弱地提議道。

「對…對呀，不然剛好王總的建案招待所展場設計也完成的差不多了，還缺花藝佈置，錫哥要不要順便出門去繞繞，找

找看有沒有適合的廠商能配合我們？」負責展場設計的蔡永潔拿起手邊的展場設計圖，交給周錫說道。

周錫看著哭鬧不停的周興，又看看辦公室裡的同事們，無奈地嘆口氣：「唉，好吧！我帶著興興出去散散步，順便找找有哪間花店願意配合我們！」聽到周錫這麼一說，大家鬆了口氣，開心地目送周錫和周興離開。

「乖，興興，爸比帶你去散步，我們去看看花好不好呀？」

周興聽到爸比的安撫，慢慢停止哭泣，嘴角也揚起笑容：「好，我們去看花！」

周錫笑看著周興，將他放下，牽著周興的小手一路漫步在人行道上，途中周興被一隻蝴蝶吸引了注意力，鬆開周錫的手，跟著蝴蝶跑進一間花店。

「等等，興興，咦，這裡怎麼新開了一間花店？」正當周錫還在疑惑的時候，「哈囉～～小弟弟，你怎麼會在這裡呢？」

一道溫柔的女聲將周錫拉回來，「啊！對不起，興興來。」周錫走近周興，然後輕輕地拉起他的小手，然後抬頭向花店女孩點頭致意的同時，被花店內的景色震驚到說不出話來。

「呃，先生，你⋯你還好嗎？」花店女孩上前關心道。

周錫看著眼前花團錦簇的景象，每一束花都包裝得具有設計感，顏色的搭配也相當具有個人風格，周錫走近其中一盆花，除了用各式花朵裝飾外，還搭配上梅枝與柳條，讓整盆花充滿了現代藝術的風範。

「請問，這盆花是你插的嗎？」周錫指著盆花問道。

花店女孩不好意思地羞紅著臉：「對，是我。」

周錫定睛看著眼前的女性，一頭俐落的短髮，皮膚有些黝黑，五官雖說不上精緻，但卻整齊乾淨，讓人看得相當舒服。

「您好，我是⋯⋯」正當周錫要自我介紹的時候，只見花店女孩突然向前衝了出去，隨即一陣尖銳的剎車聲吸引了周錫

的目光，周錫看到眼前的景象心跳差點漏了一拍。花店女孩與車頭不到一公分的距離，懷中緊抱著周興，周興則被這突如其來的舉動嚇到大哭。周錫一個箭步上前，蹲下身查看花店女孩的傷勢，也向車子示意對方沒事，並請他繞道而行。

「小姐，你沒事吧？興興，你沒事吧？」周錫有些顯得著急的關心問道：「沒…沒事，不過腳好像有些扭到，小弟弟沒事沒受傷吧？」

「嗚嗚～～嗚～興興沒事，興興沒受傷」興興一把鼻涕一把眼淚的帶著哭腔說著，把現場的大家都逗笑了。

周錫攙扶著花店女孩的手：「你能站起來嗎？」

「嗯，應該可以。」花店女孩緩緩地站起身，一個腳軟不小心跌入周錫的懷裡。

「呃，對…對不起。」周錫看花店女孩有些站不穩便一個打橫將她抱起。

「咦，你放我下來，我可以自己走。」花店女孩羞紅著臉一邊說著。

周錫溫柔的眼神看著她，慢慢的說：「我看你連走路都沒辦法，我先將你帶離馬路，以免礙到車子行走。」

花店女孩看著後面塞著一排車的景象，也只好讓周錫抱著。

「興興，爸比抱著姐姐不能牽你的手手，你能自己跟著爸比走嗎？」

興興用力地點頭「嗯嗯，可以。」周錫配合著興興的步伐，抱著花店女孩往花店內慢慢走去。

「唉唷！這是怎麼一回事呀？」花店老闆洪奇急忙從店內跑出來。

「天呀！小絲，怎麼會這樣，傷到哪了？」

「店長，沒事的，只是腳有點扭到。」

「抱歉，都是因為我的疏忽，沒顧好興興，讓他衝出馬路，害得這位小姐受傷，真是對不起。」周錫自責的說道。

「不不不，這位先生，只要小弟弟沒事就好，我不要緊的，只是稍微扭到而已，這是常有的事。」花店女孩急忙說道。

「常有的事？」周錫挑眉顯得有些疑惑。

「小絲他以前高中是田徑隊的，常常跑步扭到，沒什麼。」洪奇一臉沒什麼大不了的補充著，一邊拿著冰塊給小絲冰敷。

周錫晃然大悟的「喔」了一聲，「小絲，這位先生是？」洪奇指著周錫問道。

「啊，不好意思，我還沒自我介紹，我是前面巷子蔓茵設計事務所的老闆周錫，剛剛小絲救的這個小弟弟是犬子周興。」

「姐姐您好，謝謝你救了我。」周興有禮貌的向小絲敬禮道謝。

「喔喔…我是林絲安，大家都叫我小絲，是這間新開花店的店員，在我身後的是這間店的老闆兼店長洪奇，周興弟弟真是有禮貌。」

周興被林絲安誇獎後，害羞地躲到周錫的後面，讓林絲安覺得可愛。

洪奇看著冰敷中的林絲安輕輕地嘆了口氣：「唉，小絲，我看你這樣也沒辦法工作了，不然你先回家休息好了。」

「店長，真是對不起。」

「不，這件事因我而起，我必須負責，今天花店裡全部的花我全包，這樣絲安小姐也能早點回家休息。」周錫霸氣的提議，讓洪奇的眼睛瞬間亮了起來。

「周老闆真是心地善良，我會給你折扣優惠的！」

「但是……」周錫挑了眉立下但書，讓洪奇瞪大了眼。「最近我們公司有個展場佈置的案子，需要倚仗絲安小姐獨特的美感，所以希望店長能與我們公司合作，提供花藝素材及技術。」

聽到這樣賺大錢的好消息，洪奇高興的不禁尖叫失聲：「好好好！當然沒問題，你們要什麼我們都能提供，要小絲做什麼都可以，沒問題！」

林絲安驚慌地看著兩人：「我？我真的可以嗎？你們確定是我？」

周錫溫柔的看著林絲安：「只有你才能辦得到。」

被周錫這樣溫柔看著的林絲安不禁臉紅心跳，害羞地別過頭去。「好吧，既然你們都這麼說了，那等我腳好了，我再去蔓茵設計事務所拜訪您。」

周錫開心的張起微笑：「另外，為了感謝您救了興興，今晚不知能否請你吃頓晚餐呢？」

　　林絲安驚訝地連忙舉手晃著：「不…不…不用了啦，這只是小事而已，不足掛齒，況且我的腳還扭到，行走不方便，會給你帶來困擾的。」

　　周錫看了一下林絲安的腳，說道：「這種小傷並不會為我帶來困擾，您多慮了。您就在花店等我吧，我待會開車來接您，吃完飯後順道再載您回家。」

　　拗不過周錫的好意，林絲安也只好默默答應。

　　見事情談妥後，周錫留下名片，牽著周興慢慢地走回事務所交差。經過早上的一場鬧劇後，周興在事務所陪著周錫工作，時間隨著工作進度飛快的流逝，不知不覺得外面天色漸漸暗了下來，周錫抬頭看看時間，收拾收拾桌上的物品，依約開著車來到花店門口。

　　周錫離開駕駛座，走進花店攙扶著林絲安坐進副駕座。

　　「真不好意思，麻煩你了。」林絲安不好意思的說道。

周錫溫柔地笑了笑：「不會，我真的很感謝您救了興興，若沒有您即時衝出去，我想興興也不會毫髮無傷。」

「謝謝姐姐～～」坐在後座的周興開心的笑著。

林絲安心想，這對父子也太過溫柔有禮貌了，從初見面那時起就不斷地使用尊稱，可惜這樣的好男人已結婚當爸爸了。唉，好男人到底哪裡還有呀。

正當林絲安還在心中不斷抱怨的時候，車子已到達餐廳門口。

「Merci……這不是美食評比米其林五星級的餐廳嗎？」林絲安驚訝地說著。

「您真清楚，我想這是我能表達對你的最高謝意了。」周錫笑笑地說。

林絲安慌忙的揮手拒絕：「不用吃到這麼高級，這真的只是小事，不用這麼讓你破費。」

　　周錫不顧林絲安的拒絕，有禮貌地打開車門，攙扶著林絲安走進門口，再回到後座將周興從安全座椅上抱下，並將車鑰匙給泊車小弟，三人緩緩的走進餐廳，服務生見狀隨即趨上前去：「請問有訂位嗎？」

　　「周先生，二大一小」

　　「好的，這邊請。」

　　三個人隨著服務生的帶位進到一間包廂，一路上林絲安像是劉姥姥逛大觀園般的睜大雙眼，興奮的神情掩藏不住，看得周錫不禁嘴角失笑。

　　聽到周錫的失笑聲，林絲安不好意思地收斂起自己的神情，周錫見狀連忙說道：「抱歉，絲安小姐，我沒有別的意思，只是覺得你的個性相當直率，讓我覺得有些羨慕。」

　　聽到周錫這麼說的林絲安不禁脫口而出：「羨慕？為什麼呢？」

周錫沒想到會被反問而驚了一下，林絲安察覺後連忙補充道：「沒⋯沒事，沒事，抱歉，這樣好像窺探您的隱私了。」

周錫笑了笑，舉起水杯喝了一口後，緩緩說道：「其實我的人生都是被安排好的，從出生開始一直都是⋯⋯」

林絲安看著周錫的笑顏逐漸隨著他的話語慢慢消失，隨之而來的是沉重且痛苦的壓抑。

「從小我都必須遵從父母的指示一路苦讀，好不容易考上國立高中，又得努力地考上國立大學名校，因父母都是設計出身的，所以在他們的期望下我也讀了設計科系，畢業後當完兵，由父母出資讓我開了間設計事務所，並讓我跟從小一起長大的青梅竹馬結了婚，然後就有了周興。」

周錫轉頭看向吃著滿臉義大利麵的周興，微笑地拿起紙巾為他擦去臉上的污漬：「所以我很羨慕你，想笑的時候笑，想做什麼就做什麼，像風一樣，很自在。」

　　林絲安聽了周錫的一番話，默默地開口問：「那你目前最想做什麼呢？」

　　周錫看著周興說：「我希望興興未來不要像我一樣，過著被安排好的人生，我希望他能和你一樣，選擇自己的所愛去生活。」

　　林絲安似乎不太滿意這個答案，抓住周錫的手：「我問的是"你"不是周興，我問的是你！你想要的是什麼？」

　　周錫思考了一下緩緩的回答：「沒…不知道。」

　　林絲安感到不可思議，竟然有人不知道自己想要什麼、想做什麼，林絲安覺得眼前這溫柔的男人就像個被困在牢籠內可憐的鳥兒，逃離不了命運的掌控，林絲安突然靈機一動提議道：「對了，你不是需要我為你的展場佈置嗎？既然我的腳受傷了，不如你就來當我的花藝助理好了。」

　　「花藝助理？」周錫疑惑說著。

「嗯嗯,你就來當我的助理,代替我受傷的腳替我做事。」林絲安想著既然周錫很嚮往跟自己一樣的生活,那倒不如就讓他一起體驗自己的生活,或許周錫能從中找尋到自己想做的事也說不定。

周錫歪著頭想了想,似乎下定了決定:「好,如果絲安小姐不嫌棄的話,那我就當您的花藝助理協助您佈置展場。」

見周錫答應後,林絲安緊接著問道:「那麼我們從什麼時候開始佈置呢?」

周錫拿出懷中的記事本,翻閱著行事曆:「依照永潔給我的時間表來看,大約是下禮拜二就可以過去佈置了,不過地點是在隔壁鎮……你的腳扭到,我想還是我去載你好了。」

林絲安驚訝道:「真的可以嗎?如果不麻煩你的話那就太感謝了。」

「不會麻煩，您多慮了。再者，您的腳不方便也是出自於我的原因……」周錫感到有些愧疚。

林絲安見狀急忙安撫：「沒事，我真的沒事，不要太在意，不是你的錯，真的。」

周錫低著頭不說話，林絲安也尷尬地安靜下來，只剩周興大口吃著義大利麵的聲音。

「姐姐，你和爸比都不吃飯嗎？」周興停下手上的叉子，滿嘴醬料的問道。

林絲安被周興吃東西的模樣逗的噗嗤笑出聲來，拿起手邊的紙巾幫周興擦嘴。

「姐姐和爸比現在肚子好餓，要來吃飯了，你說是吧？」林絲安看向周錫說道。

周錫點點頭拿起刀叉，看著周興和林絲安笑著說：「對呀，爸比現在肚子好餓喔，要來吃飯了，我們一起吃飯吧，興興。」

「嗯嗯！」周興開心的點點頭，又繼續埋頭吃麵。

「周先生，今天這件事我們就別再提了，總之下禮拜起你就是我的花藝助理了，請多多指教囉！」林絲安衝著周錫輕輕一笑。

周錫看著林絲安的笑容，不禁覺得心中流入一股暖流，也不自覺得揚起微笑。

就在一片歡笑聲中周錫一行人用完晚餐後，又開車送林絲安回家。

「謝謝你今天的招待，也謝謝你開車送我回來。」

「不會，也謝謝你今天的幫忙，那麼下禮拜二見，我會來接你。」

「嗯……謝謝你，到時見，晚安！」林絲安看向後座已熟睡的周興，緩緩的關上車門，目送周錫開車離去。

周錫邊開車邊看著後照鏡中的林絲安：「真是的，腳扭到就不要站這麼久，還不快點進門。」周錫的碎唸聲讓他意識到自己對於林絲安有那麼些許的在意，那種在意就像是對於喜歡的對象而產生的關心感。

「看來是我想太多了……」周錫甩開這莫明的想法，慢慢的開車回家。

經過幾日的月換星移，時間來到了星期二，周錫依約出現在林絲安的家門口。

「嗨！早安。」林絲安一身輕便七分褲搭配簡單 T 恤和球鞋的休閒裝扮讓周錫眼睛為之一亮，看見周錫的眼神，林絲安解釋道：「喔，我想待會要去看一下展場工地，應該這樣穿會比較方便，請問有什麼不妥的地方嗎？」

　　周錫意識到自己的行為有些失態，便趕緊回應道「不，沒什麼不妥，抱歉，因為你的裝扮跟上次的有些不同，讓我覺得有些不習慣。」

　　林絲安打開車門，順勢滑進副駕座，扣上安全帶說道：「我在花店工作為了配合店長的審美觀，所以都會穿的比較夢幻、淑女一點的風格……但私底下的我還是喜歡這樣穿，比較舒服。」

　　「喔，原來這樣休閒的裝扮也很好看！」周錫不自覺的稱讚，讓林絲安害羞的搔了搔頭。

　　「嘿，謝謝誇獎！」過沒多久，抵達了王總的建案招待所，就看見蔡永潔和王總在門口等著，林絲安下了車經由周錫的介紹與王總和蔡永潔打了聲招呼後，四人一起討論著招待所的佈置細節。

　　「既然王總想要走的是現代復古風格的話，不如就以宮廷風為主軸吧！」蔡永潔提議道。

　　「這個提議不錯，絲安小姐覺得呢？」周錫轉頭問向林絲安。

　　「如果要走宮廷風的話，配合王總的建案風格，走中國式的或許會比較適合，我們可以使用牡丹、菊花、繡球、梅枝、蘭花等盆花，配合一些古式東方傢俱像是太師椅、花盆椅等，我想這樣就可以了。」林絲安邊做筆記邊說著，王總聽了點頭如搗蒜般的非常認同林絲安的想法，周錫看著王總滿意的神情，心情也放鬆了不少，後續的部分則交由蔡永潔去協調，周錫先行開車載著林絲安回花店，並順道回事務所工作。

　　「周先生，今天謝謝您，等我把花準備好後我會再開車過去。」林絲安說道。

聽到林絲安要自行開車過去開始感到有些擔心：「你可以嗎？你腳扭到能開車嗎？還是我載你好了。」

林絲安拒絕道：「到時我要載很多的花材，需要開花店的貨車去，你的轎車放不下這些花材的。」

周錫聽到嘆了口氣：「這簡單，我開你們花店的貨車載你過去。」

「咦！！！！」林絲安驚訝的大叫出聲，把店長洪奇給喚了出來。

「怎麼了？怎麼了？」洪奇驚慌的跑了出來，看見周錫和林絲安，瞬間冷靜了下來。

「小絲，沒事別亂叫，不然鄰居都以為我在苛刻員工！」

「不是啦，店長，那個……」周錫搶接林絲安要講的話：「店長，請允許我駕駛您花店的貨車載絲安小姐去展場佈置。」

「這點小事用得著大驚小叫的嗎？只要周老闆開口什麼都沒問題。」洪奇一臉無所謂的說道。

「可是，店長……」林絲安欲要繼續再說什麼，立馬被洪奇打斷。

「沒什麼可是，就是這樣，你既然腳扭到就給我好好的安份一點。」

「不是啦，店長，我腳好了呀，你看，怎麼跳都沒什麼問題呀！」見林絲安又跑又跳的，洪奇一腳使勁的就往林絲安扭到的那隻腳踩去，痛的讓林絲安大叫。

「你看，還沒好，真不知道你在逞什麼強。」洪奇一臉不屑的說道。

林絲安一臉委屈的在心裡默唸：還不是你踩我，我才痛得大叫的。

　　周錫見得到洪奇的首肯後，立馬轉頭向林絲安說道：「你準備好花材以後跟我說一聲，我會來花店接你。」說完就開著車子離去。

　　「你看人家周老闆多有心，你還不領情。」洪奇對著林絲安說著。

　　看著周錫離去的車子，林絲安小聲的嘟噥道：「再怎麼有心，終究心還是在別人那……」林絲安突然意識到自己對於周錫的心意，沒想到自己竟然對於周錫抱有好感，但林絲安一想到周興和那未曾蒙面的周錫的妻子，心都涼了一半。

　　「唉，周錫都已經是別人的丈夫了，還想這些有的沒有的，專心！專心！林絲安，現在還是想想怎麼搞好佈展吧！」林絲安不斷地對自己說服著，一邊著手開始設計花藝佈置的草稿圖。

　　過了二天，林絲安訂的花材都送到了，但她陷入了猶豫，他不知道是否該打電話通知周錫。這時洪奇突然拿起電話，撥著名片上的號碼，經過幾聲的嘟嘟聲後，電話接通了。

　　「喂，周老闆嗎？我這裡是花花世界，小絲訂的花材都到了，你可以來接她過去了，好……沒問題，一整天嗎？我想是 ok 的。那就這樣，掰掰。」

　　洪奇掛完電話後，就看向一臉驚訝地瞪大眼張開口的林絲安：「喏，就這樣了。你快去準備吧。」

　　「店長！！！你怎麼，你怎麼可以這樣！」林絲安失聲尖叫。

　　「什麼這樣那樣的，快去準備把花材搬上車，囉哩吧嗦的，待會周老闆來別讓人家等太久。」洪奇一邊命令林絲安一邊揮手示意要她快去準備，林絲安也只好認命的把花材慢慢搬上車，過沒多久周錫從遠處慢慢的走了過來，手邊還牽著周興。

「嗨，周老闆您來了，咦？今天不是來幫忙的嗎？怎會帶周興過來？」洪奇馬上趨上前與周錫和周興打招呼。

「喔，因為內人出國十天，目前沒人可照顧周興，所以只好由我帶著他到處跑了，我保證不會影響到工作。」洪奇從周錫的這一番話嗅到了一絲不對勁的氣息，同時，在遠方聽到洪奇招呼聲的林絲安，停下手邊的工作，趕緊走到周錫身邊。

「嗨，周先生，嗨，興興。」

周興高興的舉起右手說道：「姐姐好，老闆好。」

「哇！興興真有禮貌。」洪奇開心的摸了摸周興的頭。

周錫看著興興，回頭又看向林絲安，衝著就是一個開朗的笑容：「絲安小姐，我來做你的花藝助理了。」

林絲安被周錫這突如其來的笑容徹底迷住，瞬間臉上染上一片潮紅，為了掩飾這份尷尬，林絲安隨即轉身。「我…我東西還沒搬完，我先去搬。」說完後便馬上跑開。

周錫見狀馬上開口：「那我也來幫忙。」

洪奇自告奮勇說要照顧周興，周錫將周興交給洪奇後，脫下外套，馬上過去貨車幫忙林絲安。

周錫靠近林絲安，幫忙搬著花材一邊說道：「你的腳看起來好多了。」

林絲安有些心不在焉的回道：「嗯嗯，對，對呀，沒什麼問題了，謝謝關心。」

周錫看著林絲安的反應有些不知所措，感覺自己似乎好像有說錯什麼話，但也不知道該繼續說些什麼，兩人便安靜地在花店忙進忙出搬花材。

洪奇在一邊看著都不禁嘆了口氣：「唉，這兩個木頭。」

過沒多久花材搬完了，洪奇牽著周興慢慢走近兩人：「小絲，今天周老闆要當你的小助理是嗎？」

林絲安點頭道：「對。」

　　洪奇轉向周錫後問道：「那周老闆已經做好被小絲使喚的心理準備了嗎？」

　　周錫眼神肯定的的回道：「嗯，這是當然！」

　　「好，那我以店長的身份，命令你們，禁止使用尊稱，小絲不准叫周先生，改叫周老闆大哥，周老闆不准再叫絲安小姐，改叫小絲。」洪奇看著兩人說道。

　　這項提議讓兩人相當驚訝也相當害羞，遲遲不敢開口，洪奇見狀口氣變得有些嚴厲。

　　「來，叫一次。小絲你先。」

　　林絲安被逼無奈，只好怯弱弱地緩緩開口：「周…錫…大哥」

　　周錫也緩緩開口：「小絲…」說完後臉上慢慢顯出一點潮紅。

洪奇滿意地點了點頭笑道：「很好，那你們現在上車出發去招待所吧！周興就交給我來照顧。」

周錫和林絲安聽話地坐進貨車，在洪奇和周興的目送下，慢慢開車前往招待所。一路上兩人都閉口不開，氣氛顯得有些尷尬，周錫率先開口：「絲安小…不，小絲，要聽點廣播嗎？」林絲安聽到立即答應：「好呀。」然後伸手要觸碰廣播開關，正巧與周錫要開廣播的手碰在一起，一股電流從接觸的那刻起，在兩人的內心中開始亂竄。

『天啊！這，只是被叫個名字而已，只是被輕微的碰到手而已，冷靜點林絲安，周錫都是別人的老公了，都是一個小孩的爸了，你還想怎樣？不要忘了今天的目的，是要讓周錫體驗自己的生活不是嗎？』林絲安撫著臉頰，假裝看著窗外，卻不知周錫不時偷瞄著他的一舉一動。

　　同時，周錫雖一臉鎮定，但內心卻因林絲安的舉動掀起陣陣漣漪，一邊開著車，一邊看著她著急臉紅不知所措的樣子，覺得林絲安的表情特別好懂，相當可愛……但他知道自己已是有婦之夫，是不能做出逾矩的行為，必須要抑止自己內心的情感，必須有規矩、有界線，不能隨心所欲。

　　為了打破尷尬的氣氛，林絲安率先開口說道：「待會你就跟著我做什麼你就做什麼，不准問問題也不可以提意見，這樣行嗎？」

　　看到林絲安故作正經的樣子，周錫看了不自覺得想笑，但卻又不能笑出聲，只能假裝認真的回答：「是的，小絲大人，一切都聽您的號令。」

　　說完，兩人相視而笑，不久就抵達目的地。

　　兩人分別將車上的東西卸下，王總的助理也從招待所內出來迎接，並幫忙將花材等物品搬入室內，過不久工程班的人也

到場，隨著林絲安的指示，工程班將裝置物釘上天花板，室內擺飾的部分就由周錫幫忙，花藝方面就由林絲安親自佈置，彼此各司其職，很快的提早完成了今天的進度。

林絲安放鬆的坐在地上，看看手上的時間，突然鬼靈精的靈機一動，看向周錫。

周錫一臉狐疑的朝著林絲安走來，停在她的面前問道：「怎了嗎？」

林絲安調皮的笑了笑：「我們現在去海邊吧！」

「咦！」周錫被她的提議給嚇了一跳。

「可是我們不是還得等工程班的收尾嗎？還有你的那些花不是……」正當周錫還在說的時候，林絲安已從地上站起，拉住周錫的手往門口走去。

「這些你都不用管，就算我們不在，他們也會自己弄好的，走吧！走吧！」林絲安把周錫推向駕駛座，自己坐上副駕座，繫上安全帶後就摧促著周錫：「GO！GO！GO！」

周錫看著眼前這隨心所欲的奔放女孩，無可奈何地笑了笑，轉動車鑰匙，便開著車前往海邊。

一路上車內放著「You are my sunshine」的英文歌，兩人大聲唱著。

周錫現在此刻讓他覺得非常放鬆，也非常開心，有種無事一身輕的感覺，丟掉了許多束縛和煩惱，將一切都拋到九宵雲外，享受著此刻的快樂與美好。不久後兩人抵達了海邊，林絲安看到海，就像是個小孩子一樣，開心的脫掉鞋子下了車，在沙灘上盡情地奔跑，周錫看在眼裡，份外覺得可愛，也喚起周錫小時候那段無憂無慮的日子，周錫慢慢地脫下鞋，漫步在沙灘上，看著林絲安逐著海浪，踢著浪花，這時，林絲安突然看

向周錫，不懷好意的笑了笑，掬起一缽水就往周錫的身上潑，周錫也不甘示弱的潑向林絲安，就這樣一來一往，笑聲充滿了整座海灘，伴著日落西沉，兩人累得坐在沙灘上。

「我好久好久沒這麼開心了⋯⋯」周錫笑著說道。

林絲安看著笑起來像小孩子般開心的周錫，說道：「你笑起來很好看。」

周錫被這突如其來的誇獎，害羞的低下頭。

「其實，我很不了解為什麼已經被安排好的這些事情，都能被你輕易的打亂，你不按牌理出牌、想做什麼就做什麼，這樣做事情不是很容易出錯嗎？」

林絲安歪著頭想了想：「不會呀，怎會出錯？我也是有在安排事情的呀，只不過我的安排是自由的，是隨機應變的，見招拆招呀！」

　　周錫被林絲安的話震得不發一語，隨後大笑出聲：「哈哈哈……果然很有你的風格！哈哈哈……」周錫一邊大笑著一邊發覺自己已在不知不覺中喜歡上這個小女孩，笑完後，周錫抓起林絲安的手，用力將他拉入懷中，抬起林絲安的頭，雙唇緊靠上去，林絲安被這突如其來的舉動，驚呆在原地：『什…什麼，這是什麼情況，我…我是被吻了嗎？被周錫吻了？天啊！我是在做夢嗎？』

　　正當林絲安還在困惑的時候，周錫離開她的雙唇將她擁入懷中。

　　「小絲，謝謝你，我想我找到我想要的東西了！」

　　林絲安雙頰潮紅，還在搞不清楚狀況，呆呆的回應道：「你想要的是什麼？」

　　周錫看著林絲安，溫柔的眼神像似要看穿林絲安的心思般，緩緩說道：「自由，我想要的是自由……」

　　林絲安一聽到，心中百感交集，的確，她的目的達到了，他讓周錫找到了他想要的東西，但為什麼心裡還是有些落寞的感覺？林絲安不懂自己的內心出了什麼問題，剛剛那個吻又是什麼意思，國外友好的表現？還是周錫把她錯認為是他老婆？各種疑問充斥在林絲安的內心同時，周錫放開林絲安站起身，伸手將她拉起。

　　「走吧，我們回去吧。」周錫牽著林絲安的手，坐上車將車開回花店，一路上林絲安紛亂的情緒還是無法平息下來，但席卷而來的睡意奪去了她的思考，林絲安就在副駕座上沉沉睡去，周錫看著身旁的女孩，不禁又再度笑出聲。

　　「在這種情況下也能睡著，真是服了你。」說完後就輕輕在林絲安的額頭上落下一吻。

　　回到花店後，周錫將貨車停好，然後將林絲安搖醒。

　　「小絲…小絲…醒醒，花店到了喔。」

　　林絲安揉著惺忪的睡眼，看著窗外熟悉的地方，睡意馬上消失，看著身旁掛著笑臉的周錫，林絲安害羞的臉紅，隨即打開車門下車。

　　「你們回來了呀？今天還順利嗎？」洪奇抱著已陷入熟睡的周興從花店裡走了出來，林絲安像似沒看到洪奇似的，快步走向花店裡面走去，洪奇覺得奇怪，看了一眼周錫滿臉春風得意的樣貌，就知道兩人肯定發生了什麼事情。

　　「周老闆，我們小絲可是很純情的，如果你真的有想要對她認真，麻煩你把自己的事情先全部處理好再說。」洪奇對周錫說完後就將周興抱給他。

　　周錫看著熟睡的周興說道：「我知道，等內人回國後，我會好好跟她談的。」

　　洪奇看著周錫認真的臉，輕輕的嘆了口氣：「唉！你知道就好。」

周錫抱著周興慢慢的走回事務所,回頭不忘提醒洪奇:「記得跟小絲說,明天同一時間一樣會來接他。」

洪奇比了個 OK 的手勢,便走進花店,看著林絲安不停的拿著各式花材,忙著插花,洪奇就知道林絲安的心裡正在亂糟糟地。

「小絲,花別再插了,都插出什麼鬼來了。」

林絲安回過神,看著眼前亂插的盆花,用力的嘆了口氣:「唉,店長,你…我…唉……」林絲安不知該怎說,只能不斷的哀聲嘆氣。

洪奇拿起一旁的椅子坐下後,緩緩說道:「是不是周老闆親了你一下?」

林絲安聽見瞬間臉上佈滿潮紅,驚訝的大叫:「你…店長你怎麼會知道?」

　　洪奇哼的一聲，繼續喝著茶：「然後又牽了你的手，卻又什麼都不跟你說，對吧？」

　　覺得洪奇料事如神的林絲安，驚訝之餘仍像個聽話的孩子般點點頭，無力的坐回椅子。

　　洪奇放下手上的茶杯說道：「小絲，你喜歡上他了，對吧？」

　　聽到洪奇這麼說，林絲安發現已無法再繼續欺騙自己，也無法再繼續隱瞞自己的心情，她知道自己早已喜歡上這個已婚的男人，但他也知道自己不該當小三介入別人的婚姻。

　　洪奇看著林絲安臉上的表情，就知道她在想什麼，洪奇繼續說道：「你不用想這麼多，你如果喜歡周老闆的話，就繼續喜歡他吧。」

　　「可是……」林絲安欲再說些什麼，卻被洪奇接下來的話打斷。

「你不用當他的小三，也不用介入他的婚姻，你只要等著就好了。」

「等？」林絲安不懂洪奇要說的是什麼意思。

洪奇站起身，給林絲安一個擁抱：「乖孩子，我不會讓你受到委屈的，你就按照你隨心所欲的個性去和周老闆相處就行了。」

林絲安似懂非懂的點了點頭，洪奇滿意的推開林絲安：「好啦，明天還得繼續最後的花藝佈置工作不是嗎？剩下合作的這幾天你就放寬心的玩吧！時候不早了，早點回家休息吧。」

洪奇整理著花店做收店的工作，林絲安也一起幫忙著，待閉店後，林絲安走在回家的路上想著洪奇今天說過的話。

按照自己隨心所欲的個性去和周錫大哥相處嗎？嗯，好吧，那就別想這麼多了，思考這麼複雜的事情也不像是我的個性，

明天就當做什麼事情都沒發生過好了。對！就這樣做。林絲安打定主意後，像是放下心中的一塊大石，開心的漫步回家。

　　到了隔天早晨，林絲安和周錫都準時出現在花店，在將周興交給洪奇照顧後，兩人很有默契的一起搬著新進的花材上車，接著前往招待所，一路上兩人有說有笑的，也讓周錫的心房漸漸打開，周錫也難得俏皮的說了些笑話和做出搞怪表情，逗得林絲安哈哈大笑。抵達招待所後，兩人合作無間的模樣讓工程班的大叔都不禁讚賞，還誇他們像情侶一樣的般配，也因為默契十足的相互配合，使得每天的工作進度都超乎預期的提早結束，兩人也有時間可忙裡偷閒；有時逛逛商場、有時上山看夜景、有時吃個浪漫晚餐，但歡樂的時光總是特別短暫，為期一周的工期就這樣來到了最後一天。

　　「呼～～終於大功告成了！」林絲安看著充滿復古宮廷風的招待所，心滿意足的繞了一圈，檢查是否有哪些地方有疏漏，

周錫也跟著林絲安搜尋著招待所的每個角落,深怕一個瑕疵就讓王總有挑剔的機會。

過沒多久,王總到場來驗收了:「哇!這比我想像中的還要棒!!真是太好了!!」

林絲安和周錫聽到王總的讚賞,心裡放鬆了不少。

「既然王總覺得沒問題,那麻煩請王總在這簽字。」蔡永潔拿出契約書遞到王總面前。

王總開心的落款簽名後說道:「周錫,昨晚我聽我太太說,他們在峇哩島搭乘今晚的飛機回台,好像在機場有看見你太太一個人正在等待搭乘飛機,你們吵架了嗎?」

周錫挑了挑眉疑惑的回道:「他是說他要跟姐妹們出國歐洲十天。」

王總聽到周錫的回答似乎感應到什麼,連忙打哈哈想要呼嚨過去:「沒事…沒事…可能是我太太看錯了,既然招待所弄

好了，契約也簽好了，我還得跟助理談一下招待細節，就先去忙了，再見。」

王總說完後就隨著助理離開現場，留周錫和林絲安在原地。

當周錫知道許夢茹有可能是在騙他，他竟不覺得生氣，反而覺得有些無所謂，林絲安看著周錫，心中百感交集。周錫感受到林絲安不安的心情，輕輕搭著林絲安的肩將她擁入懷中：「請你再等一下好嗎？再等等我。」

林絲安不懂周錫說的話，也不懂洪奇說的話，為什麼大家都要他「等？」林絲安不禁脫口問出心中的疑惑：「為什麼要我等？我要等什麼？」

周錫笑了笑，撫著林絲安的頭說：「等我找到自由。」說完後便走向貨車，發動車子並示意林絲安上車，林絲安摸著剛剛周錫撫摸的地方，不明所以然的坐上車子回到花店。

回到花店後，洪奇待林絲安走進花店後，與周錫獨處的時候，交給了他一個信封。

「喏，這個給你，這對你會有幫助的。」

周錫打開信封驚訝了一下：「這是……」

洪奇繼續說著：「再過幾天她應該就會回國了，到時該怎麼處理你應該知道吧。」銳利的眼神看著周錫像似跟他說：如果敢辜負小絲你給我試看看。

周錫嚥了口口水，笑著說道：「好，我知道該怎做，謝謝你。」語畢便抱著周興離開花店。

隔幾日，許夢茹坐著計程車帶著大包小包、拖著行李箱到達蔓茵設計事務所，一推開門就大聲呼喊著：「周錫，你開車載我回家！」

周錫從螢幕前抬頭看著眼前的女人，嘆了口氣：「你都坐計程車來了，幹嘛不直接坐回家？」

「我也想呀，但偏偏這台計程車就不接受刷卡，我身上又沒帶現金，果然人家說的都沒錯，臺灣真是個鬼島，大陸都在使用行動支付了，我們這邊還在使用現金……」許夢茹哇啦哇啦的抱怨不停地渲洩而下，周錫聽得都直撫著頭，感到一陣頭痛。

「好，我知道了，你消停一下行嗎？」周錫一番話打住了許夢茹想繼續抱怨的心情。

「劉晨，你出去先把計程車錢給付了，報公帳，我待會離開一下。」

「你要去哪裡？周興呢？」

周錫聽到許夢茹質問式的口氣，不禁惱火了起來：「我要去開車載你回家！不然我放下工作還能去哪裡？另外，你有在乎過周興嗎？你有在管周興的死活嗎？」

被周錫突如其來的怒火燒到的許夢茹，嚇的呆愣在原地，接著便大哭了起來：「嗚嗚～～你怎麼可以這樣說，周興可是我的孩子，哪有母親不在乎孩子的……嗚嗚嗚～～」

看到許夢茹又是大哭又是大叫的，額頭上的青筋愈加暴露。「夠了，不用演哭戲給大家看，如果你在乎周興的話就不會把他丟給我，自己一個人去逍遙快活了！」語畢便出門將停在對面街的車子駛近事務所，周錫搖下車窗命令劉晨將許夢茹的行李搬上車。

「夢茹，上車。」周錫不帶一絲感情的說道。

許夢茹眼看自己演出的大戲被戳破，一臉心不干情不願的上了車。一路上兩人都不說話，直到周錫開口打破沉默說道：「我們離婚吧。」

許夢茹瞪大了眼，一幅不可置信的樣子。

「你說你要離婚？呵……我沒聽錯吧？像你這樣的乖乖牌，對父母言聽計從的你說要離婚？別說笑了。」

許夢茹帶著嘲諷的口氣繼續說著：「這次是誰跟你說的？你媽？你爸？你叔叔？還是那不知名的二舅公？」

周錫無動於衷不受許夢茹的嘲諷挑撥，靜靜的說道：「不，這次是我自己的意思，我受夠你了。」

許夢茹聽到周錫這番話，也索性不演了，冷靜的回道：「要離婚可以，我要你公司一半的股份以及你一半的個人財產。」

周錫聽到許夢茹的要求，臉色鐵青的按壓住怒火用低沉的口氣回應道：「你不要太過份了！」

許夢茹不以為意的用手指捲著髮尾說道：「到底是誰過份還不知道呢。」

「你！」周錫一腳用力的踩著煞車

「喂！你幹嘛踩煞車，很危險耶！萬一我有個什麼損傷你賠得起嗎？」

周錫一聽，哼的嗤笑一聲：「我看賠不起的人應該是你才是吧？」說完便從懷中拿出信封，丟給許夢茹，許夢茹一打開信封便看到是自己與國外男友喬治甜蜜約會的照片，臉色開始變的難看。

「你…你怎麼會有這些照片？你派人跟蹤我？」許夢茹說話的口氣愈來愈大聲。

「這是一個熟人給我，你說這如果打上官司的話，是誰會笑到最後呢？」周錫奸邪的一笑，看著許夢茹臉色鐵青的顫抖著雙手，周錫覺得自己沾了上風，沒想許夢茹下一刻像是發瘋似的將照片撕個粉碎。

「哼！現在證據沒了看你還要怎麼得意？」許夢茹笑了笑。

周錫也不是個省油的燈，他又從懷裡拿出另一個信封：「你以為我會沒準備備份嗎？」

許夢茹瞪大了眼衝上前去：「你，你這個賤人！」

周錫抓住她欲打過來的手，提起她的下巴冷言道：「到底誰賤，誰最清楚。」一把就將許夢茹甩回位子上。

「離婚協議書我已經準備好了，放在家裡，待會簽一簽，限你一個禮拜內搬出去，另外周興的撫養權就由我這來辦，你有一個月探視一次的權利。」

周錫淡然的說完這一串，啟動車子往別墅的方向駛去，一路上許夢茹被周錫嗆得啞口無言，沒多久車子抵達到別墅，周錫欲要幫許夢茹將行李搬上去卻被許夢茹一口回絕，周錫跟在許夢茹的後頭，看著許夢茹放下行李，在離婚協議書上草草的簽了字後，上樓把自己關在房間裡大哭摔東西，周錫看著離婚

協議書上的簽名，滿意的離開別墅，開著車往戶政事務所的方向駛去，遞交完離婚協議書後，周錫大大的鬆了口氣。

「呼～～我終於自由了！」說完的同時一轉身就看到洪奇和抱著周興的林絲安站在戶政事務所前。

「咦！你們怎麼會在這裡？」周錫驚訝的說道。

林絲安緩緩的走到周錫的面前：「你的一切我剛剛都聽店長說了，恭喜你獲得自由。」

「爸比，恭喜你。」周興口齒不清的笑著說道。

周錫感動得將林絲安和周興抱在懷裡：「謝謝你等我，謝謝！」

林絲安搖了搖頭：「是你辛苦了，這幾年來活著如囚鳥的你終於獲得釋放了。」

林絲安，一臉燦笑的接著問：「那請問獲得自由的周先生想要做的第一件事情是什麼呢？」

周錫溫柔地看著林絲安笑了笑，輕輕地遮住周興的雙眼，隨即給了她一個深深的吻。

「我想要做妳的男朋友，可以嗎？」

林絲安臉上泛起潮紅，輕輕地點了點頭「可以。」

兩人高興的相擁在一起，直到洪奇不解風情地將兩人分開，所有人相視而笑，離開了戶政事務所。

過了一年，隨著許夢茹的搬離，周錫也將別墅給賣了，在周錫的勸說下，林絲安搬進了周錫新買的高級大廈內，過著三人甜蜜的生活。

「興興，來穿上衣服，今天是你上幼稚園的第一天，東西都帶齊了嗎？」林絲安像老媽子一樣叮嚀著周興，周興戴上幼兒園的帽子，檢查包包裡的東西，高興地說：「都帶好了！」

林絲安一臉不相信的打開周興的包包：「你看你，只帶你的車車，手帕、水壺、換洗的衣服你都沒帶呀，還說準備好了，

小騙子。」林絲安捏了一下周興的鼻子後，轉身要去準備周興的隨身物品時，剛好撞到周錫，周錫一個順手就將她擁入懷中，輕輕給了一吻。

「早安呀，一大早是誰惹得我們家的小美女生氣呀？」

林絲安假裝生氣的甜笑著：「還不是周大少爺要上幼稚園卻什麼都沒帶，只帶了一個車車就想要出門，你說我能不生氣嗎？」

周錫將周興抱起：「我可愛的小興興，你怎麼可以惹小絲姐姐生氣氣呢？你什麼東西沒帶到，爸比來幫你。」

林絲安推開周錫說道：「不用了，我昨晚都已經準備好了，就放在沙發旁邊，你載周興去幼稚園時記得帶上。」

周錫看了一眼沙發上的行李袋，笑著說道：「你真貼心。」然後又給林絲安一個吻。

「待會我出門後你去我的房間櫃子裡拿一個黑色小盒子，那是給你的生日禮物。」

林絲安看看牆上的日曆才驚覺原來今天是自己的生日，心中泛起陣陣甜蜜感。沒想到周錫竟然會記得自己的生日……

等周錫出門後，林絲安循著周錫的指示找到黑色小盒子，一打開的同時，眼眶隨即泛淚，不爭氣的從臉頰滑落。

小盒子內留了張小卡寫著：「小絲，妳願意嫁給我嗎？下班後給我答覆。周錫。」

林絲安抱著小盒子開心地流著淚點點頭，等不及周錫下班後要告訴他這個好消息。

- 完 -

禁錮の愛

賤男／撰

女人，暫且不知道她的名字，我們姑且稱她為"女人"。

當女人醒過來的時候，她發現自己被囚禁在一間暗無光線的地牢裡，她全身赤裸著，一絲不掛，沒有穿任何的衣服，左腳被鐵鍊鎖住，她被限制了自由。更讓人感到可悲的是，她失去了記憶，她想不起自己是誰？她不知道自己的名字，這究竟是怎麼一回事？她為什麼會在這裡？她到底究竟是誰？

這一切成了謎團，在女人的心中充滿了無限的恐懼，她的心中好害怕，赤裸的她，冷得不停地發嗦，窩縮在牆壁的邊緣，等待著無情命運的到來。

禁錮第一天

在深暗的地牢裡，可悲的女人，她的雙手緊緊地環抱著自己的雙腿。突然間，她聽到了一步步清晰的腳步聲，在黑暗中，

那一雙沉重的腳步聲竟然是如此的清晰，正一步一步地走近地牢。

　　一個陌生的男人打開了地牢的門，在昏暗的燈光下，這個男人出現在女人的眼前。為黑暗的空間裡射進了一縷光絲，由於男人背後的光線刺眼，女人在黑暗中睜開雙眼，她看不清楚那個男人的長相，但她心裡知道，這一個男人，她絕對不認識，這一個男人絕對是她生命中的噩夢，所能看見的是那男人的身材非常的健壯，好像是一個運動員。

　　男人走近女人，他坐在女人的身邊，睜大雙眼看著女人，用他的雙手觸碰了女人赤裸的身體。指頭的觸感，緩緩地由下而上的爬升，女人就像是觸電了一般，不禁緊縮她那孱弱的身軀……

　　「妳不要害怕，我不會傷害妳的。」男人突然間開口說道，他的聲音是如此的沙啞，卻又是如此的陌生。

　　我是誰？我怎麼會在這裡？女人很想開口向男人這樣子問道，但是內心恐懼的她，竟然害怕得一句話也說不出口。

　　男人對女人說：「我的名字叫做雄，從今天開始，這裡就是妳的家了，妳就在這裡住下來吧。」

　　雄的雙手環抱著女人光著身子的身體，他就像是一隻狗一般，用他的鼻子，輕輕地上下來回嗅吻女人身上的體味，好像很享受女人的味道，又好像很久很久沒有碰過女人的樣子，是那麼樣的飢渴。

　　女人非常的緊張，她全身止不住的發抖，心想：這一個男人，他究竟想要做什麼？他想要侵犯我嗎？

　　「我是誰？」女人終於忍不住發聲的向雄問道。

　　「我不知道妳是誰，我也不知道妳的名字，但從今天開始，妳就是我的女人，是我雄專用的女人。」

　　女人以為她會被雄侵犯，但她沒有想到，雄對自己的態度卻是異常的溫柔。雄的雙手輕輕又溫柔地擁抱著女人，肌膚碰觸之處，不禁讓女人寒毛豎起，彷彿有電流流過一般，不禁讓女人感到心悸，讓她心跳不已，在她內心深處裡，竟然對雄有一絲的心動。

　　雄對待女人就像是對待自己最心愛的女人一般，他沒有更一步的動作，只是溫柔地觸摸著女人，像是在享用女人美麗動人的身軀。在囚禁的第一天夜晚，雄抱起了女人，讓她睡在床上，他用右手撫摸著女人的額頭，打開了書本，給她講了一個床邊故事，就像是媽媽哄小孩一般，給女人一個甜蜜的晚安之吻。

　　身心疲憊的女人，她終於累了。在雄的朗朗閱讀聲中，漸漸地闔上她沉重的雙眼，睡著了，平和地渡過了她被囚禁的第一天。

禁錮第二天

　　早晨，當女人醒來的時候，她聞到一陣陣可口的食物香味，女人睜開雙眼，驚悚地看見雄的大臉竟然貼著自己的臉龐，她能清晰的感受道雄呼吸的氣息。此時雄睜大眼睛直視看著女人的眼睛，女人不禁大嚇了一跳。

　　「妳醒了……」

　　在這個時候，女人才把雄真正的長相看得清楚，他並不醜，也不像是一個變態，滿臉鬍渣的他，雖然有點邋遢，但卻有一股粗曠的男人味。

　　「妳醒了，我為妳準備了早餐。」

　　一天沒有進食的女人，她早已經餓壞了，她立刻衝下了床，狼吞虎嚥地吃起了早餐。

　　嘴中塞滿食物的女人，看見雄是對自己是如此的溫柔，她不明瞭雄為什麼將她抓到這裡來，囚禁她？她不禁脫口向雄問

道：「你為什麼要囚禁我？我究竟是誰？我為什麼會在這裡呢？」

突然間啪一聲，雄一言不發掀翻了女人的早餐，雄一雙怒紅的雙眼直視女人的臉龐，他眼神的恐怖，就像是想要把女人給殺了。

「不准妳吃了！以後妳再問我這樣的問題，我就不准妳吃飯！」

接著雄用力地甩了女人一個巴掌，打得女人滿臉通紅：「以後妳再問我這些垃圾問題，我就殺了妳！」

女人摀著被打紅的臉頰，眼淚不禁飆流了下來。眼前這一個雄，他的心情可以說是莫測難知，好的時候就像是對待自己的愛人，卻又突然間的暴怒，一副想要殺人的樣子。

女人嚇得一句話都不敢說，只有不停地發抖，縮著身子躲在一邊的牆角，一句話也不敢說，此時的她只期待這一天趕快渡過。

禁錮第四天

雄對待女人，一開始就像是對待寵物一般的貼心和小心翼翼。但是慢慢的，他變得越來越暴力了，只要不高興，就會對女人動手動腳，甚至是毆打。

「看妳那下賤的樣子，只配去勾引豬圈裡的公豬！」

「我長這麼大，就沒見過像妳這樣犯賤的女人！」

「妳也不看看妳那下賤的樣子，連潘金蓮都想問妳是不是她的祖宗吧？」

雄開始用言語刺激女人，他把女人的頭按進水盆裡去懲罰她，害得女人幾乎快要無法呼吸。並且雄一直對女人進行洗腦：「妳要服從我，服從我，妳要完全的服從我！」

女人在地牢裡的日子，越過得越辛苦，她也越來越害怕雄了……

禁錮第六天

在這種變態高壓的環境之下，女人雖然失去了記憶，但她卻是一直沒有放棄追求自由的希望。

女人想方設法地想要逃出地牢，女人用食物的碎末與番茄汁塗在自己的手臂上，偽裝成傷口，想騙雄帶她出去。

「你看！我流血了！帶我去看醫生！」

雄一言不發，走到女人的身邊，抓起了女人的手臂，睜大雙眼看著女人偽造出來的傷口。

禁錮の愛

「妳偽造的技巧也未免太可笑了吧？這算是什麼傷口？妳真的流血了嗎？」

雄抓起了女人的手臂，朝偽造的傷口，狠狠地咬了一口，鮮血不禁噗噗地流了下來。

「這才是真正的流血！」

女人痛得咬牙切齒，緊握住自己的傷口，血流不止，她的眼淚不禁的飆流，女人只能狠狠地說：「你真是一個變態狂！」

只要女人違抗雄的命令，雄就不給女人飯吃，這一個偏執的男人實在是太可怕了。

禁錮第十一天

女人感覺到她體下一片濕透了，原來這一天女人的月經來了，鮮血染紅了整片的床單。

　「我……流血了。」女人看著染滿鮮血的床單,她整個人驚傻了。

　「妳這一個女人,這到底是怎麼回事?妳的月經把床單都髒了!妳是母豬嗎?妳就跟母豬一樣的髒!」

　雄抓著女人的長髮,把女人拖到了浴室,用水龍頭的水,不斷地往女人的身上沖,似乎想沖掉一切的不潔,他想把女人身上所有的不乾淨給沖掉。雖然像是羞辱一般的沖洗,但這是女人被囚禁以來第一次的洗澡,她不停地往自己的身體搓啊搓啊,似乎要洗淨自己所有的不潔,她覺得發生的這所有的一切,實在是太骯髒了,骯髒得讓人受不了。

　突然間雄拿出了一把大剪刀,就朝女人的長髮用力的一剪。

　「我的頭髮!」女人的心都碎了,她的長髮是如此的漂亮,留得那麼的長,花了不少的心血,雄的一刀,讓她完全的心碎。

　雄毫不留情，手執大剪刀，不斷地在女人頭上亂剪，短短的時間，女人的長髮瞬間被剪光了，整個頭就像是被狗啃過，看起來是多麼的可笑啊。

　瞬間變狗啃頭的女人，呆立的坐在那裡，她嚇得一句話也說不出來，此時的她，心在泣血，她為什麼會變得那麼的可悲呢？

禁錮第二十三天

　這一天雄的心情好極了，他看見女人就不停地笑，他向女人問道：「妳知道今天是什麼日子嗎？」

　女人傻了，心想：我關在這暗無天日的地牢裡，每一天都過得渾渾噩噩的，我怎麼會知道今天是什麼日子呢？

　對於雄，女人終於懂得怎麼樣虛以委蛇，她不禁向雄問道：「親愛的，今天到底是什麼日子呢？」

雄高興的大笑：「今天是情人節！」

「情人節？」女人的心中不禁怒道：情人節干你我什麼屁事？就算是全世界的男人都死光了，我也不會愛上你的！

雄笑道：「妳知道嗎？在情人節的這一天，我要送妳什麼樣的禮物？」

女人心中怒道：我怎麼會知道你要送我什麼禮物！

心裡這麼想，嘴巴可不敢這麼說，女人已經學會了如何去討好雄，她委蛇地向雄問道：「親愛的，在情人節的這一天，你要送我什麼禮物呢？」

女人把禮物打開，發現裡面裝是一件極度招搖的皮草大衣，女人感覺非常的可笑，這件皮草雖然是極為昂貴，或許是其他女人夢寐以求的情人節禮物，但對她來說，她都被囚禁在這裡了，穿那麼貴的皮草究竟要穿給誰看呢？

女人皮笑肉不笑的，即使雄送的禮物她不喜歡，女人也會裝作很喜歡的樣子。女人在雄的面前試穿了皮草，最後又把它脫了下來當成了地毯，展現她性感的身體，在皮草上舞動著。

趁著情人節快樂的氣氛，女人看到雄笑得合不攏嘴，趁這一個機會，她向雄提出了要求：「你看我那麼賣力地為你演出，是不是可以給我一些獎勵呢？」

雄睜大眼睛看著女人問：「妳想要什麼樣的獎勵？」

此時女人的嘴唇不停地顫抖著，發抖的說：「你可以讓我去院子裡嗎？」

雄吃驚地問：「院子？妳想去院子？那可是外面的世界啊？難道說你想逃到外面的世界嗎？」

女人緊張的說：「不會，怎麼會？親愛的，我是那麼喜歡你，我怎麼會逃到外面的世界？我怎麼捨得離開你的身邊？」

「妳說的是真的嗎？」雄滿腹質疑地看著女人。

「我說的當然是真的，而且夜色那麼晚了，外面根本就沒有人。而且你可以用繩子綁住我的手腕，我根本就逃不了你的身邊。」

「那好吧！我就帶妳到院子，讓妳看看外面的世界！」

女人不敢相信自己的耳朵，雄竟然答應讓她去院子的請求。在踏進院子的那一刻，女人感動得落淚了，看看外面的世界，月兒高掛在天空，路邊的樹木高聳，傳來陣陣的鳥叫蟲鳴聲，綠草岸然，在花朵之間，穿梭著螢火蟲飛舞著。

在這一刻，女人感動得哭了，她不禁跪下來親吻著草地。此時女人才深深地感受到自己還活著的感覺，儘管被綁住了手腕，但在她的內心依然獲得短暫的自由，她越來越渴望自由，越來越想回到外面的世界。

禁錮第三十八天

在這一天，女人又被雄毆打了，也許是雄嫌她邋遢、動作慢，又或許只是為了單純的發洩。一個變態狂想要打人，就像狗吃屎一樣，不需要任何的理由。眼前的這一個男人總是反覆無常，把毆打女人當作是鍛鍊身體。

過了一個小時之後，雄滿腹眼淚地跑到女人的面前，他請求女人的原諒。

「對不起，我不應該打妳，妳知道我是那麼的愛妳。」

「你愛我？」女人心中滿腹懷疑，這一個男人怎麼可能會愛自己？如果這個男人愛自己，就不會將自己打得那麼的悽慘。

「我是真的非常非常的愛妳，就是因為愛妳，我才會一時氣不過，才會失去了理智動手打妳。」

「妳要怎麼樣才肯原諒我呢？」雄一臉可憐地看著女人。

「這……」

　　不可置信的話從雄的口中說出：「我知道妳嚮往外面的世界，我帶妳去購物，去買新的衣服。」

　　女人她不敢相信，雄竟然對她說了這樣的話：「你說的是真的嗎？你真的要帶我到外面的世界？」

　　「有什麼不可以？只要妳不要想逃的話。」

　　「我當然不會逃啊，親愛的，你要相信我，我是多麼的喜歡跟你在一起，我怎麼可能逃離你的身邊？」

　　雄笑道：「只不過去買一件新的衣服，瞧妳興奮成那個樣子。」

　　雄幫女人穿上了衣服，關在地牢的女人，她大部分的時間都是光著身子。想到可以去外面的世界，女人的心情是異常的興奮，她認真地打扮自己，讓自己看起來不是那麼的糟糕。

此時女人看見雄把一把尖刀藏在自己的腰間，女人感到疑問：「你為什麼把尖刀藏在身上？出去買件衣服有需要帶尖刀嗎？」

雄狠狠地笑：「這一把刀不是為了我，而是為了妳。在出去的這一段時間，妳千萬不要想跟任何人說話，只要妳跟哪一個人說話，我就殺了那一個人。」

「什麼？你要殺掉跟我說話的人？」女人感到萬分吃驚，雄為了防止女人逃走，竟然要殺害任何跟女人說話的人！

「這……這太可怕了吧？只要跟我說話的人，你就要殺了他？」

雄笑道：「只要出去外面妳老老實實的，不跟任何人說話，就不會有任何人被殺死，這就是一次快樂的購物之旅。」

「是哦……」女人已經嚇得說不出話來。

原本能去外面的世界，能接觸到雄以外的人，是一件令人非常興奮的事情。但是女人想起雄身上的那一把尖刀，雄說得到做得到，只要她跟其他人說話，雄勢必會用尖刀殺了那一個人，雄就是那麼變態的男人。

在這一路上，女人變得噤聲，不要說跟任何人說一句話了，就算是去接觸任何的一個人，她都不敢，她怕雄殺了那一個人。外面的世界雖美，外面的人雖然多，但女人完全沒有心情，她根本就不敢去接觸。

因為雄這一句話的威脅，女人錯失了她最佳逃跑時機，購完物後她乖乖地跟著雄回到那陰暗陰森的地牢裡，繼續她被囚禁的日子。

禁錮第五十二天

在這一天的晚上，雄又來找女人了，而且帶來一件奇怪的衣服。

「你為我帶來了什麼？」女人好奇的問道。

「這是情趣內衣！」

「情趣內衣？」

雖然平常女人大多的時候都是光著身子，但雄帶來了這件禮物，也讓她有奇妙的感覺。對於一個男人來說，一個光著身子的女人和一個穿著性感內衣的女人站在他面前，他更喜歡女人性感內衣的誘惑。

雄帶來的這一件情趣內衣，是件透明薄紗，穿起來若隱若現，以一種朦朧的挑逗包裹住女人最隱密的地方，並流露出更多的曖昧。

雄讓女人換上新買的情趣內衣，他對女人說：「今天晚上就是我們的新婚之夜。」

「什麼？新婚之夜？」

　　女人不敢相信雄對她所說的話，女人閉上了眼睛，但是她知道這一個時刻遲早會來臨，她只能躺在床上任由雄的擺佈。

　　經過兩個月的時間，雄終於採取行動，他要佔有女人。雄在女人粉紅脖子上親了又親，溫暖的熱感一下碰觸一下又離開，這是很微妙的接觸，漸漸地女人發出不規則的喘氣聲。

　　接著女人發出大口大口的喘息聲，任由雄在她的身上大膽的放肆，咬緊了嘴唇，斷斷續續的輕吟著。

　　女人仰臥在床上，雄用雙手抓住女人白嫩的胳膊，不讓她反抗，用力地瘋狂地上下運動。雄他是一個虐待狂，女人越是哀求，他可就是越來勁。

　　在這一個夜晚，女人感到無比的羞恥，雄對她一切的所作所為，令她完全的崩潰，讓她感到無比的羞恥。

禁錮第五十三天

一早起來，女人就發呆坐在床邊，她隱隱約約可以感受到下面的痛楚，想起了昨夜發生的事，女人她感到無比的羞恥，雄竟然對她做出那一種事。

被囚禁了五十多天，此時的女人已經完全崩潰了，她再也沒有信心可以逃得出去，難道她就這樣一輩子被囚禁在這個地方，一輩子當雄的玩物嗎？

不！她不想！她不想一輩子被雄就這樣子玩弄，她不想一輩子都當雄的玩物，她想解脫，她想永遠永遠的脫離雄，她不想再見到雄了……

女人收集了一堆紙，摩擦生火，燃燒著了那一大堆紙，她試圖想讓自己窒息而死，原本以為死亡是一件容易的事，被煙窒息之後就不會怎樣的痛苦，但沒有想到不到二十分鐘，整個

地牢已經佈滿了濃煙，那煙可是好濃好嗆好燻。女人流著眼淚掩住口鼻，但依舊止不住淚水，以及濃煙嗆的極度酸痛。

最後求生的欲望最終還是戰勝了羞恥心，女人用那件情趣內衣用力的撲打，滅掉了火勢，還是苟且的活了下來。她恨自己，非常非常的恨自己，恨自己為什麼連自殺的勇氣都沒有，恨自己為什麼要這麼屈辱的活下去⋯⋯

後來雄知道了，女人換來的是又是一頓的毒打。

禁錮第八十七天

女人坐在床邊，整個人發呆，看看自己的身上佈滿了傷痕，這所有的一切都是雄所留下的。在每次挨打之後，女人總是會在衛生紙上記仇，九次撞擊頭部，三次重擊腹部，六次搧到耳邊，兩次踢打腿部。

雄表面看起來說話慢條斯理，一副好好先生的樣子。但是這樣一個男人會下如此狠手打她，按著她的頭往牆上撞，捶她眼睛……

但是雄每次動完手之後，都會痛哭流涕，向女人道歉：「為了妳，我可以連我的性命都不要……」

這時候她已經搞不清楚雄他到底是怎麼樣的一個人？他囚禁了她，奪走了她的自由，他是真的愛她嗎？而在這一段被囚禁的日子，原本女人是非常非常恨雄的，痛恨他毆打自己，痛恨他限制了自己的自由。

有一種病叫做斯德哥爾摩精神症候群，在 1973 年，兩名搶匪衝進瑞典斯德哥爾摩的一家銀行，大批員警迅速趕到，包圍銀行，然而搶匪劫持了銀行職員做為人質。

雙方僵持一百三十一個小時，最後搶匪把人質推了出來，準備逃亡。這時候警察一擁而上，想救人質，也想抓搶匪，但

是人質竟然掩護搶匪逃亡。事後其中一個被綁架的女人質更愛上其中一個搶匪，並與他在獄中訂婚。

女人心裡想，自己該不會患上了斯德哥爾摩精神症候群吧？她竟然漸漸地有一點愛上了雄，漸漸地愛上這一個剝奪她自由的惡人。

當人遇上一個徹底掌握自己生存權的壞人，就會漸漸把生存權付託給這一個壞人。時間久了，壞人的一點善意，會讓她覺得是壞人對她的寬容與慈悲。當人性承受的壓力越大，時間越久，壞人會逐漸變成好人，也會逐漸對壞人產生了同情、認同乃至於崇拜。

可是等到女人回心轉意原諒了雄，沒過多久一切又再次的重演，雄再次毆打她，再向她道歉說自己多愛她多後悔，她心軟，雄再打她，重覆又重覆。

雄會為了確認那美好是屬於自己的,而去摧毀、傷害那個美好。在他的世界裡,有一種可怕的邏輯是:「我能打妳、罵妳、傷害妳,這正是有力證明了妳是屬於我的。」

女人逃不過被折磨的命運,也逃不過與雄感情糾結的命運……

禁錮第一百六十四天

雄拿了一個蛋糕來,他對女人說:「從現在開始,今天就是妳的生日。」

「今天就是我的生日?」女人失去了記憶,她根本不記得她的生日是什麼時候,雄居然說今天是她的生日?!

雖然如此,女人的心裡還是非常的感動,一個被世界遺棄的人,竟然在另一個侷限的空間裡,得到了她最痛恨的人的祝福,這不是很諷刺嗎?

兩人在地牢裡，慶祝女人有記憶來，第一次的生日。

禁錮第三百一十六天

這一天一早起床，一看見早餐，一聞到早餐的味道，女人就感到噁心想吐。她隱隱約約感覺到她的乳房變得敏感、脹痛，然後會突然間感到疲倦，甚至是覺得筋疲力竭，噁心想吐。女人心想不對，她的月經也好久沒有來了，難道說她懷孕了？

「這怎麼可能？難道說我懷上了那一個禽獸的孩子？」

女人的心完全崩潰了，最不願意看見的事，竟然發生在她的身上。那個，她最痛恨的男人，她竟然懷上他的孩子？

女人心想：絕對不可以，絕對不可以讓雄知道這一件事，如此變態的雄，如果讓雄知道她懷了他的孩子，雄會如何對待那個未出世的孩子呢？

女人的心裡好害怕，她好害怕如噩夢般的情節會發生在她的身上。

禁錮第三百二十一天

這一天女人又做了惹惱雄的事，雄狠狠地一巴掌甩在女人的臉上，接著就對女人拳打腳踢，不停的痛打。女人擔心自己肚子裡的小孩，雙手緊抱住自己的肚子，保護自己的肚子。雄抓起女人的頭髮，將女人整個身體給拉了起來，使得女人的雙腳懸空。

此時女人苦苦的哀求：「求求你，千萬不要打我的肚子……」

「什麼？不要打妳的肚子？」

女人越說，雄則越是故意：「妳說！為什麼不要打妳的肚子？」

「為什麼不可以打妳的肚子？！」雄猛力的一拳捶在女人的肚子上，那一拳是非常的猛力。

這猛力的一拳，女人的臉色完全改變了，她的表情完全地痛苦不堪，痛得咬緊切齒，冷汗不禁噗噗的直流，不停的哀嚎。鮮血從她的下面流了下來，越流越多，染滿了整片地板。

「怎麼會這樣？妳的下面為什麼會流那麼多的血？」雄吃驚地問。

女人的表情痛苦：「我……懷了你的孩子，快送我去醫院……」

「什麼？！孩子？！」雄感到萬分的吃驚，女人竟然懷了他的孩子。

「你……想要謀殺你的孩子，再不送我去醫院，孩子就保不住了！」

「不！！！」

　　雄趕緊抱起了女人，衝出了地牢，開車趕緊送女人到了醫院。護士們緊急地將女人推進了手術間，醫生立即替女人進行手術。在女人昏迷的那一刻，女人拉著醫生的衣角，用微弱的聲音向醫生求救：

　　「救救我……我被那一個男人囚禁了三百多天了……」

　　「救救我……救救我……」

重生的那一天

　　當女人醒過來的時候，在女人的身邊圍了一群警察，看見女人醒來，一名女警上前跟她說話。

　　「妳終於醒了。」

　　「這……這……究竟是在哪裡？」女人虛弱的聲音問道。

　　「這裡是醫院。」

　　女人想起，她被雄猛力的一拳，接著就被送到醫院來。接著女人問：「雄呢？他在哪裡？」

　　「那個狡猾的歹徒，他已經逃走了，我們警方正想方設法追捕他，請妳放心。」接著女警繼續問：「方珍妮小姐，妳的先生為什麼將妳囚禁在地下室呢？妳能跟我們警方說明嗎？」

　　「方珍妮？」聽到這個名字，女人感到萬分的吃驚：「妳……妳叫我什麼？」

　　「難道妳不是方珍妮小姐嗎？」

　　「不是，不是這樣的，只不過在三百多天前，我失去了我的記憶，我什麼也想不起來，我不記得我叫做什麼名字了？妳說方珍妮，我的名字真的叫做方珍妮嗎？」

　　女警拿出女人的身分證，放在她的眼前：「這是妳的證件，妳確實是方珍妮。」

　　女人看見自己的身分證，眼淚不禁流了下來：「我終於知道我是誰了，我的名字叫做方珍妮。」

　　「妳說我的丈夫囚禁了我？誰是我的丈夫？」

　　「妳不知道誰是妳的丈夫嗎？！」

　　「我說過，我喪失我的記憶了，我怎麼會知道我的丈夫是誰呢？」

　　「妳的丈夫名字叫做張強雄，也就是囚禁妳的那一個男人。」

　　「什麼？！雄是我的丈夫？！」

　　女人萬萬沒有想到，雄是她的老公，那一個囚禁她可怕的惡魔，對她無惡不作，常常毆打她的男人，他竟然是她的老公？

　　「既然妳失去了記憶，連張強雄是妳的老公也記不起來，想必他為什麼囚禁妳的原因，妳也想不起來了。」

「對不起，這一切我實在是感到太吃驚了，我沒有想到囚禁我的人，竟然是我的老公！我根本沒有任何的相關記憶，我也不明白我的老公為什麼要囚禁我？」

接著女警說：「既然妳完全想不起來，我們也就不勉強妳，妳就好好休息吧！還有醫生要我們跟妳說，經過搶救，妳肚子裡的胎兒保住了，請妳放心。」

「是嗎？！」

女人摸摸自己的肚子，沒想到她與惡魔的孩子，如今還活著。

過了幾天，女人出院了，警方送她回家，警方對女人說：「方小姐，請放心，警方會二十四小時保護妳的，直到妳的老公方強雄被逮捕為止。」

女人滿臉的漠然，進入了自己的家，一個陌生的家，對於這一個家女人她完全沒有任何的記憶。獨自一人走到了地下室，

那才是她熟悉的地方，她在這裡被囚禁了三百多天，她一個人曲著身子捲縮在床邊，不斷的回想著那一段被囚禁的日子……

回到家過後的幾天，女人就是發呆，不停的發呆，雄既然是自己的丈夫，他為什麼要囚禁自己？在他們之間，究竟發生了什麼可怕的事呢？雄，他到底是什麼樣的一個男人？而自己為什麼會跟這麼可怕的男人結婚呢？自己又為什麼會喪失了記憶？這一切一切的謎團，完全讓女人想不透。

女人想要更加的了解雄，她也想要找出謎團的答案，她翻箱倒櫃，想要找出雄他所隱藏的秘密。終於……她找出了一箱的光碟，這箱光碟都是雄所拍的影片，影片中記錄著他與女人之間的點點滴滴，也記錄著女人被囚禁的那一段日子。

回到相戀的那一天

那一年，雄十八歲，珍妮十七歲。

　有一天，雄幫同學手機重新下載 LINE，突然間有個叫做珍妮的女孩發來訊息想要和他聊天，雄便把珍妮加為好友。之後他們每天都用 LINE 聊天，久而久之，雄覺得珍妮很溫柔很體貼，雄發現自己喜歡上珍妮了，這一個從未見過面的女孩。

　星期天，雄很早就起床了，因為他想和珍妮表白，他發了 LINE 給珍妮，珍妮卻沒有回答，雄有點迫不急待：「為什麼她還不回覆，她去哪裡了呢？怎麼會這樣呢？」

　一個小時、兩個小時、三個小時都過去了，等了等，珍妮始終還沒有回覆。他等不下去了，便給珍妮留了言：「珍妮，認識妳那麼久的時間，我有一句話一直埋在我的心裡，始終不敢和妳說，其實，我…喜…歡…妳…」按下了發送，雄就匆匆地離開了。

　　隔日的晚上，珍妮看見了雄在 LINE 的留言，珍妮很興奮地回覆：「雄，其實，我也很喜歡你。」其實珍妮也喜歡雄很久了，卻一直也沒有和雄講。

　　第二天，雄看到了珍妮的回覆，極度興奮，用 LINE 回覆珍妮：「珍妮，妳真的也喜歡我嗎？」

　　「嗯！」

　　「那妳可以做我女朋友嗎？」

　　「……」

　　「怎麼呢，不可以嗎？」

　　「笨蛋，當然可以了！」

　　「呵呵，如果我是笨蛋那妳就是傻蛋了！」

　　「……」

　　雖然住在不同城市裡，雄千里迢迢去找珍妮，並約了珍妮和他去逛街，雄終於看見了珍妮的本人，發現珍妮比視頻裡面

的還要漂亮還要迷人，珍妮也發現，雄也比視頻裡面的顯得更高大更帥氣。雄牽著珍妮的手逛街，一路上他們有說有笑，你看我、我看你，互相傳情，傍晚時候，雄帶著珍妮到山上去看日落，晚霞很迷人，黃色的陽光照得珍妮的頭髮一閃一閃的，雄看著珍妮的臉，整個人發呆，兩個人情不自禁深情地接吻了起來，這一個吻，吻得好久，兩個人都感覺自己很幸福，珍妮靠著雄的肩膀靜靜地觀賞日落，這一個場景彷彿是童話裡的情侶。

　　幾年之後，他們結婚了，成為一對夫妻。但是愛的越深，則恨得越深，當愛情消失之後，兩人就變成了仇人。

　　人就是這樣，愈沒有關係，愈容易動真性情，因為沒有利害，沒有故事，沒有糾葛。然而一旦有了情，純真就成了走味的咖啡、隔夜茶。一個你最在乎的人，對你視若無物，把你當空氣，甚至用言語羞辱你，你能傷心多久呢？

　　珍妮對雄越來越冷淡，甚至整天下來兩人說不到幾句話，即使坐在同一個餐桌吃飯，珍妮正眼也不看雄一眼，使雄的內心很受傷。

　　有一天，雄想給珍妮打個電話，這時候手機裡插播了一個陌生的號碼，接通電話之後，裡面傳來一個男人的聲音叫著珍妮的名字，過一會兒又聽到一個女人急促的呼吸聲音，雄心裡想，這一定是珍妮了，他們似乎是在調情，雄動怒了，對著手機連聲的吼道：「你是誰？你是誰？」

　　對方卻掛掉電話，雄氣極了，他焦躁的捱過一天，好不容易等到了下班，他飛車趕回家，卻看不到珍妮，瘋狂地跑到外面找，在超市遇到了珍妮，將珍妮拉到馬路上。

　　雄氣呼呼地對珍妮說：「我今天接到一個電話，裡面是妳和一個男人的聲音，他是誰？」

　　「你在說什麼啊？我聽不懂！」珍妮說。

禁錮の愛

　　「妳聽不懂？妳這一個女人，妳有了別的男人了是不是？」雄大聲地當街罵珍妮。

　　珍妮氣急敗壞，雄在街頭上罵她，使她很沒有面子：「是又怎麼樣？我交男朋友，關你什麼屁事啊？我又不愛你。」

　　「什麼？」雄聽到這句話真的氣壞了，珍妮竟然說她不愛他，珍妮竟然在外面有了其他的男人……

　　在那一刻，雄失去了理智，他完全無法原諒珍妮，雙手用力一推，將珍妮推向了快車道，就在那瞬間，一輛房車快速地駛來，當場將珍妮給撞飛了出去，珍妮被撞昏倒在街角。

　　送到了醫院，珍妮雖然大難不死，但持續的昏迷著。醫生對雄說：「你老婆大腦中海馬迴的記憶區受損，當她清醒過來的時候，她將會忘記過去所有發生過的事情，她將不會在記得你是誰了，也不會記得自己是誰。」

　　雄聽到這個消息，心中是萬分的驚訝，但是他推珍妮到快車道的事情，也因此被隱瞞了下來，珍妮失去了記憶，所發生的一切，也沒有人知道，警方只是當作一般的車禍處理。

　　現在的珍妮處於昏迷之中，但是當她醒過來的時候，她將會失去所有的記憶。此時雄的心中打定了一個主意，他要重新的調教珍妮，他要改變珍妮的人生，使珍妮變成了他專屬的玩物，永遠都無法離開他的身邊，一個可怕殘酷的禁錮計畫油然而生。

　　之後發生的事，就是珍妮在地牢裡所發生的事。

　　珍妮看著光碟裡面的影片，對所發生的事，心中不禁感到萬分的震撼，這一切的源頭，是自己先對不起了雄。她在地牢所發生的一切，也被熊的側錄完全的記載了下來，成為永遠無法抹滅的記憶。

對於雄她能說什麼呢？抱歉嗎？在他們之間，已經沒有任何的愛情了，珍妮不禁摸摸自己的肚子，在他們之間，真的沒有任何的愛情了嗎？

過了幾天，珍妮看到了新聞快報：今天鐵路平交道發生了重大的交通事故，一個男子臥軌自殺，造成了數節火車出軌，臥軌的男子當場死亡。據警方初步的調查，這個臥軌的男子就是日前涉嫌囚禁自己妻子三百多天的嫌犯－張強雄。

「雄，他……臥軌自殺……死了……」

看到了這一篇新聞快報的報導，得知雄臥軌自殺死亡的消息，珍妮她不禁哭得淚流滿面。

不知道為什麼，此時她的心，好傷心……好傷心……

- 完 -

國家圖書館出版品預行編目資料

優良員工姚士芬／黃萱萱、汶莎、賤男　著.—初版.—
　臺中市：天空數位圖書　2019.11
　　面：公分
　　ISBN：978-957-9119-59-7（平裝）

863.57　　　　　　　　　　　　　　108019276

發　行　人：蔡秀美
出　版　者：天空數位圖書有限公司
作　　　者：黃萱萱、汶莎、賤男
編　　　審：白雪
製 作 公 司：傑拉德有限公司
　　　　　　　老氏有限公司
版 面 編 輯：採編組
美 工 設 計：設計組
出 版 日 期：2019 年 11 月（初版）
銀 行 名 稱：合作金庫銀行南台中分行
銀 行 帳 戶：天空數位圖書有限公司
銀 行 帳 號：006-1070717811498
郵 政 帳 戶：天空數位圖書有限公司
劃 撥 帳 號：22670142
定　　　價：新台 290 元整
電子書發明專利第　I　306564　號

※　如有缺頁、破損等請寄回更換

紙本書編輯印刷：
電子書編輯製作：
天空數位圖書公司　E-mail：familysky@familysky.com.tw　http://www.familysky.com.tw/
地址：40255台中市南區忠明南路787號30國王大樓　Tel：04-22623893　Fax：04-22623863